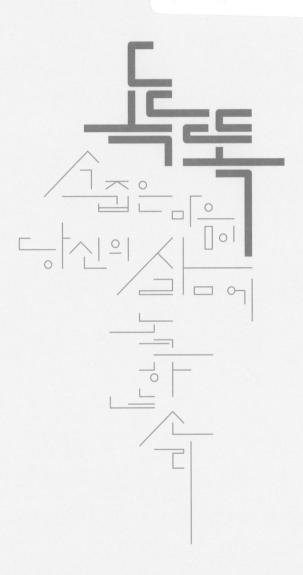

똑똑

수줍은 마음이
당신의 삶에
노크하는 소리

월간
정여울

천년의상상

차례

10   들어가는 말 삶을 더 아름답게 연주하기 위하여

16   정여울 인터뷰 01 자기다움을 찾아가는 여정

30   생애 처음 만나는 자유

36   나는 나보다 큰 사람

42   부디 낯선 사람이 되지는 말아줘

48   일대일의 만남만이 가능하게 해주는 것들

54   우리가 대단히 각별한 사이는 아니지만

60   내성적인 사람의 자기표현법

66   어떤 순간에도 우리를 인간답게 만드는 힘

72   욜로와 휘게, 행복의 새로운 시작

80 정여울 인터뷰 02 **쓰다, 읽다, 받아들이다**

90 **갈꽃 한 아름 안고, 저 멀리서 네가 올 때**

96 **사랑하는 이여, 나를 두고 먼저 떠난다면**

102 **'어쩌면'과 '역시나'의 차이**

108 **모험, 나를 바꾸는 것이 아무리 사소할지라도**

116 **가르칠 수 있는 재능과 할 수 있는 재능**

120 **상처로 글을 쓰라고요?**

126 **당신은 나를 꺾을 수 없다**

134 **흑백의 판단을 넘어 무지갯빛 사유의 세계로**

140 **북유럽 라이프, 얀테의 법칙**

150 정여울 인터뷰 03 **기다림의 의미**

160 **1월의 화가 안진의**

수줍은
마음이
당신의
삶에
노크하는
소리

들어가는 말

삶을 더 아름답게
연주하기 위하여

　　"월간 정여울이라고? 너 진짜 미친
거 아니야? 정말 감당할 수 있겠어? 다시 한 번 생각해봐."

　수화기 건너편에서 내 오랜 친구가 걱정스러운 목소리로
물었다.

　나는 웃으며 대답했다.

　"응, 나 진짜로 미쳤어. 그런데 이번엔 제대로 미쳐보
려고."

　내 안에서 나도 모르게 기쁨의 미소가 터져 나왔다. '미쳤
어?'라는 친구의 걱정 때문에 불안해진 것이 아니라 '그래,

한 번쯤 미쳐봐야 진짜 나의 가장 깊은 곳까지 다다를 수 있겠지'라는 유쾌한 믿음이 샘솟았다. 그래서 스스로를 기쁘게 달랬다. 이번에야말로 멋지게, 제대로, 마음껏 미쳐보자고. 항상 단정하고 정리된 편집으로 하나의 주제를 향해 나아가는 단행본에서는 보여줄 수 없었던 좀 더 자유로운 나, 천방지축의 나, 파란만장한 나를 마치 바로 옆에서 말하듯이 들려주는 그런 책을 쓰고 싶었다. 바른 자세로 심각하게 읽지 않아도 좋은, 드러누워 읽어도 좋고 맥주 한 캔과 함께 읽어도 좋은 책. 그 속에 '글 쓰는 나'만이 아니라 '살아가는 나, 일상 속의 나'를 소복이 담고 싶었다. 책이라는 네모나게 각진 형태의 미디어에 좀 더 삐뚤빼뚤한 나, 비틀거리는 나, 끊임없이 좌충우돌하는 솔직 담백한 내 모습을 담고 싶었다.

  월간 정여울을 기획하면서 나다움이란 무엇인가를 찬찬히 고민했다. 생각해보니 나다움이라는 단어 자체가 무참한 족쇄였다. 정해진 나다움이란 처음부터 없었다. 매순간 달라지고 부서지고 깨어지며 매일 새로운 나로 빚어지고 있었다. 어쩌면 잉여라고 여겼던 것, '이것은 결코 한 권의 책으로 묶일 수 없을 거야'라고 믿었던 생각의 조각, 책으로 출간

하리라고는 예상치 못했던 뜻밖의 글 속에 또 다른 나의 진짜 모습이, 미처 보살피지 못한 제2의 자아가 숨어 있지 않을까.

그리하여 월간 정여울 시리즈에서는 그동안 쑥스러워 차마 보여주지 못한 개인적인 이야기, 카페에서 차 한잔 함께하며 도란도란 나누고 싶은 수다까지도 한 권의 책이자 잡지에 고봉밥처럼 꾹꾹 눌러 담고 싶었다. 첫 시작은 '똑똑'이라는 의성어다. 아직은 다른 사람 앞에서 깊은 속내를 꺼내놓기 두려워하는 내가 무척 많은 용기를 내어 타인의 마음에 노크하는 소리, '똑똑'이라는 의성어와 어울릴 만한 모든 다채로운 망설임과 수줍은 고백을 담았다.

나는 월간 정여울을 통해 세 가지를 꿈꾼다. 첫째, 모바일이나 인터넷이 아니라 오직 종이로만 보는 지극히 예스러운 잡지를 그리워하는 사람들과 함께할 아날로그적 소통을 꿈꾼다. 「보물섬」, 「샘터」, 「말」, 「길」 등 오래전 종이 잡지를 부지런히 구독하며 자라온 이들의 '종이 잡지를 향한 노스탤지어'를 실현해보고 싶었다. 둘째, 광고 없는 잡지를 꿈꾼다. 상품을 먹음직스레 전시하는 자극적인 광고가 아니라 그 자체로 더없이 아름다운 그림을 통해 우리 마음을 비춰보는 시간을 갖기를 소망한다. 개성 넘치는 화가들의 그림과 내 글을 나란히 놓음으로써 '글과 그림을 함께 읽고 곱씹으며 잠시 광고 천지의 세상에서 놓여나는 기쁨'을 같이 경험하고 싶다. 셋째, 에세이의 매력과 산문의 가능성을 마음껏 실험하는 잡지를 꿈꾼다. 에세이는 단지 신변잡기적인 글이 아니라 어원에 이미 '새로운 실험'이라는 의미를 품고 있다. 아주 사소하더라도 그때마다 무언가 새로운 시도를 하는 나의 글쓰기가 어디까지 세상을 향한 열정의 촉수를 드리울 수 있을지 부단히 실험하는 잡지이자 책을 만들고 싶다.

　사람들은 가끔 나에게 나무라듯 말했다. "넌 너무 예측 불가능해, 감정 기복도 심하고." "넌 너무 예민하고 까탈스러워 인생이 힘들어지는 거야." 그런 말을 들을 때마다 마음이 아팠지만 다행스럽게도 그토록 살아가는 데는 취약한 내 성격이 글을 쓸 때는 눈부신 축복이었다. 잡스러움, 통일성 없음, 때로 규칙보다 예외가 훨씬 많은 듯한 어처구니없는 마음가짐, 내 화해할 수 없는 그림자까지도 나의 일부로 끌어안는 글쓰기가 바로 월간 정여울의 테마다.

요새 들어 에세이의 소중함을 더 자주 느낀다. 에세이만의 편안함과 자연스러움은 정교하게 세공된 시나 소설의 아름다움과 다른 논픽션의 야생적 매력이다. 허구적 스토리 없이도 삶의 눈부신 순간을 가감 없이 담아내는 에세이의 솔직 담백함은 시간이 지날수록 빛을 발한다. 나는 모순과 결핍덩어리다. 일에 시달릴 때는 '전화 받기' 기능을 지우고 싶은 충동을 느끼는가 하면, 아무리 기다려도 오지 않는 연락을 바랄 때는 한사코 먼저 전화하지 못하는 소심한 성격을 지닌 사람이다. 나를 단행본이 아닌 잡지로 묶는다면 이토록 일관성 없고 울퉁불퉁한 나, 이질적이며 자기모순으로 가득한 나조차 더 넓고 깊은 나다움으로 얼기설기 버무려질 수 있다. 그래서 더 나답고 그래서 더 애틋한, 그래서 더 안타깝고 그래서 더 버릴 수 없는 나의 아직 말해지지 않은 가능성을 되찾고 싶었다.

소설 『리스본행 야간열차』의 한 대목처럼, 우리가 우리 안의 수많은 가능성 중 지극히 일부만을 실현할 수 있다면, 나머지는 어디로 가버리는 것일까. 나는 그 나머지를 결코 서글픈 가능성으로만 남겨두고 싶지 않았다. 영원한 가능성이 아니라 오늘 지금부터 시작할 수 있는 생의 아름다움을

월간 정여울이라는 글쓰기의 악보로 온 마음을 다해 연주하
고 싶다. 이 작은 실험을 통해 당신의 가슴속에 가능성으로
만 숨죽이고 있던 잠재력이 눈부신 오늘의 현실로 피어나고
타오르기를.

2018년 1월,
당신과 함께 흔들리는
지하철 5호선에서

정여울
인터뷰 01

자기다움을
찾아가는
여정

　정여울 선생님을 처음 만난 건 제가 스물넷, 취업 준비생
일 때였습니다. 대학교 중앙도서관에서 그의 방송과 영화,
책 등을 비평한 책을 읽었지요. 뒤이어 영화와 철학자를 만
나게 한 책을 접했고, 푹 빠졌습니다. 다음 책은 언제 나올까
기다리며 한 권, 한 권 출간될 때마다 설레는 마음으로 펼쳐
들었고, 그렇게 30대 초반인 지금에 이르렀습니다.

　선생님의 지난 책들을 살피다 연필로 그은 밑줄과 누구
에게도 보여줄 수 없는 메모를 발견하면서 당시에는 무엇
을 힘겨워했는지, 또 어떤 감정으로 살았는지를 알 수 있었
습니다. 이번엔 새로운 문장들이 다가와 지금은 이렇게 달
라졌구나, 했습니다. 늘 선생님의 책을 통해 제 마음과 대화
하는 기분이었지요. 그중 꾹꾹 눌러쓴 한 낙서가 눈길을 끌

었습니다. "아, 너무 좋아, 꼭 만나고 싶은"이었습니다. "견딜 수 없는 고통에 직면하게 되더라도, 그 아픔을 제대로 '이야기'할 수만 있다면 그 자체로 충분히 위로가 되는 경우가 많다. 고통의 원인 자체는 당장 제거될 수 없을지라도, 고통을 함께 공감할 수 있는 타인이 있다는 것만으로 인간은 커다란 용기를 얻기 때문이다"라는 문구 옆에 써놓은 말이었습니다.

나는 알지만, 그는 나를 전혀 모르는 짝사랑 같았습니다. 출간 강연회에 찾아가고, 사인받을 때는 두근거리고, 궁금하지만 쑥스러워 차마 손 들고 물어보지 못해 돌아오는 길엔 한참을 아쉬워하기도 했지요. 편집자가 되어 직접 소통할 기회가 생겼지만, 여전히 설레고 때로 실수할까 긴장하기도 합니다.

어딘가 저 같은 독자가 꽤 있겠지요. 이 인터뷰는 그런 마음을 간직한 분들을 대신한다는 생각으로, 2017년 11월 2일 오후 2시에 여울 선생님을 만나 나눈 이야기입니다.

**일 년 동안 매달 한 권씩, 열두 권을 내는 기획입니다.
선생님에게 '월간 정여울'의 의미는 무엇인가요?**

내 안에서 뭔가 타는 듯한 목마름을 느꼈어요. 아무리 글을 쓰고 강의를 해도 해소되지 않는 목마름이었죠. 책이라는 틀, 잡지라는 틀과 같이 매체의 특성에 따라 달라지는 제 모습이 아니라, 스스로가 미디어가 되는 글을 쓰고 싶었어요. 기존 방식은 여행이면 여행, 문학이면 문학처럼 주제가 정해져 있잖아요. 그런 규정 없이 내가 곧 주제이자 하나의 범주가 되는 기획이라고 생각했습니다. 저다움이 무엇인지 마음껏 실험해보면서 작가로서 더 자유롭고 창조적인 글쓰기를 하고 싶었어요. 이 새로운 실험을 통해 독자와 더 가까워지고 싶었고요. 그동안 글을 통해 독자를 만났다면 지금은 삶을 통해 만나고 싶다는 생각을 많이 해요. 제 삶 이야기를 많이 담아, 말하는 정여울, 글 쓰는 정여울, 살아가는 정여울을 한 권의 책 속에 속 시원히 담고 싶었습니다. 그래서 '월간 정여울'이 태어나게 됐습니다.

똑똑, 콜록콜록 등 책 제목이 의성어 · 의태어로

꾸며졌어요. 어떻게 구성한 것인지요?

예전에는 문학으로 철학하기, 영화로 철학하기처럼 틀 잡힌 책이 많았어요. 물론 재밌었지만 내용이나 형식 관점으로 통일하다 보니 빠져나가는 글을 쓸 수 없었고, 썼다가 지우는 경우도 다반사였죠. 하지만 우리말 의성어·의태어는 다양한 시간과 공간 게다가 많은 마음을 다룰 수 있잖아요. 형식에 구애받지 않고 뉘앙스나 분위기, 아우라가 비슷한 글들로 채울 예정입니다. 큰 모험인데, 신기하게도 끊임없이 나오는 거예요. 너무 재밌어서 '12개월 갖고는 안 될 것 같다'라는 생각까지 들더라고요. 얼마나 고생할지 생각도 못하고요.(웃음) 잠깐잠깐 옷깃만 보여주었던, 베일에 싸여 보이지 않던 감성과 감수성을 맘껏 실험하는, 축제가 되는 장을 만들어보고 싶었습니다.

**그렇다면, 각 달의 제목에는
어떤 사연이 담긴 것인지요?**

1월은 '똑똑'인데요. 마음의 문을 두드리는 소리, 시작하는 소리, 그리고 조심스럽게 다가가는 소리를 나타냈습니다.
쾅쾅, 우당탕과 다르죠. 독자에게 갈 때 항상 부끄럽고 수줍
은 제 마음이 담겼고요. 터놓기까진 어려운데 한번 시작하
면 별 얘기를 다 하게 돼요. 진심으로 다가서려면 결국 저의
그림자까지 보여주어야 하고요. 천천히, 정여울의 이야기를
풀어가는 첫 시작으로 '똑똑'을 삼았어요.

 '까르륵까르륵'은 제가 취약한 부분이에요. 평소에는 잘
웃는데 글에서는 안 나타나더라고요. '덩실덩실'도 마찬가지
예요. 무작정 춤추고 노래 부르고 싶을 만큼 신명을 느낄 때
가 많은데 표출이 쉽지 않아요. 스스로가 잘 추는지 못 추는
지 생각지 말고 사회적 제약으로부터 자유로워지기를, 자신
이 소중히 여기는 것들을 맘껏 발산하도록 만드는 책을 써
보려 해요. 반대로 '어슬렁어슬렁'은 제일 잘하고 좋아하는
것이에요. 어슬렁거림을 자주 하면 삶에 여백이 생겨요. 거
리 감각도 생기고요. 저는 망원경보다 현미경을 좋아해요.
항상 줌인해서 미세한 것을 크게 보려 하죠. 산책자의 꿈, 여
행, 평소에 제가 걷는 거리 등을 다루면서 목적지가 아니라
그곳에 이르는 과정에서 느끼는 것을 쓸 예정이에요.

'와르르'는 절망하는 것들의 목소리예요. 간절한 기대와 희망이 무너지는 소리……. 사실 이런 상황이 매일매일 일어나잖아요. 우리에게 어떤 파장을 미치는지, 그 절망으로 우리는 무엇을 할 것인지를 보여주고 싶어요. '으라차차'는 함께여야만 일구어낼 수 있는 희망에 관한 이야기이고요. 먼 훗날의 유토피아가 아니라 지금 우리에게 가능한 유토피아는 무엇일까. 유토피아는 원래 불가능한 곳을 뜻하지만, 조금만 발상을 바꾸면 가능해지는 일상의 기적 같은 순간들이 있어요. 이를 위해 무엇을 하고, 읽고 써야 하는지를 생각해볼 겁니다.

나다움을 실험해볼 기회라고 했는데요. 요즘은 TV 광고 카피로도 나올 만큼 자기다움 찾기가 화두가 된 듯합니다. 선생님은 예전부터 '내면의 빛'이나 '자기만의 빛', 자기 안의 무한한 가능성을 일깨워야 한다고 이야기했고, 요즘엔 '내면의 그림자' 돌보기를 중요하게 다루는 것 같아요. 저는 이 두 가지 모두를 '나에 관한 연구'로 받아들였는데요. 나다움을 어떻게 찾아야 할까요?

그림 기법 중에 스크래치가 있잖아요. 밑에 아주 화려한 그림이 알록달록 숨겨져 있는데 위에는 까만 크레파스로 덮였죠. 뾰족한 물체로 긁어내야만 밑그림이 드러나잖아요. 자기를 발견하는 과정이 이 기법과 비슷해요. 이미 우리 마음속 특히 무의식에 엄청나게 많은 그림이 있어요. 하나의 작품이 아니라 콜라주 같은 아주 커다란 벽화죠. 어쩌면 만리장성보다 더 기나긴 마음속 벽화일 텐데 우리는 정말 작은 부분만 꺼내면서 살아가요. 외부에서 필요로 하는 부분들만요. 내가 나를 발견하는 것은 스크래치와 다르게 밑그림도 스스로 그리는 작업이에요. 컬러링으로는 안 되죠. 무엇을 그릴지, 구도를 어떻게 잡을지 스스로 정해야 해요. 명작을 카피해서도 안 되죠. 그게 나를 발견하는 과정인 것 같아요.

그럼, 구체적으로 실행해볼 방법은 무엇일까요?

누구나 할 수 있는 방법은 글쓰기예요. 일기나 편지도 좋아요. 저는 인스타그램이나 페이스북은 안 하거든요. 이렇게 즉각적이고 늘 '좋아요'를 기다리는 온라인 소통보다는 오프라인을 통해 독자와 아날로그적으로 천천히 소통하고 싶어서 '월간 정여울'을 만든 것이기도 해요.

독자도 제 글을 인터넷에서 보고 바로 댓글을 올리는 형식이 아니라, 종이로 읽고 오랫동안 생각해주셨으면 하고요. 혼자 생각하면서 저와 보이지 않는 대화를 하는 독자 분들을 저는 느낄 수 있거든요. 누군가 공감해주고 있다는 걸 그냥 알게 됐어요. 그런 조용한 공감, 조용한 대화, 요란하지 않게 서로 소통하기를 원해요. 자기표현의 매체를 일부러 만들어 하는 것보다 좀 더 시간을 요하는, 좀 더 천천히 가는 길인 것 같아요. '월간 정여울'을 통해 내 인생의 밑그림을 그린다면, 내 인생의 음악을 작곡한다면 어떤 느낌일까, 생각해보는 시간이 됐으면 좋겠어요.

저는 사실 '자기다움'의 정체가 어렵게 다가와요.
타인과 구별되는 어떤 취향, 곧 호불호를 드러내거나
외향을 강조하면서 구축하는 행위처럼 보여서요.
나르시시즘에 빠질 수도 있을 것 같고요.

우선, 나르시시즘이 나쁘다고 생각지 않아요. 우리는 나르시시즘에 빠질 시간도 없었어요.(웃음) 어른들 특히 기성세대가 많이 걱정하는데 약간 질투도 담긴 듯해요. 끊임없이 사회화를 요구받으며 '나'로 살아보지 못했기 때문에, 지금의 젊은 친구들이 자기를 찾는 데 시간과 돈을 아끼지 않으려는 걸 보면 부러운 마음이 드는 것 같아요.

다만 그게 꼭 세계 일주를 떠나거나, SNS일 필요는 없다는 거죠. 아주 작은 길로도 가능해요. 저는 그림이나 음악을 감상하면서도 나를 찾는 느낌이 많이 들어요. 타인의 작품이 내 마음을 비추어보는 거울이 되죠. 이 음악은 왜 내 마음을 한없이 일렁이게 하는지, 이 그림은 왜 특히 더 많은 말을 걸어오는지, 천천히 곱씹고 되비추고 반추하는 시간을 갖는 거예요. 너무 거대한 것이라고 생각지 않으면 좋겠어요. 이미 하고 있는 거예요, 우리가. 그 일을 좀 더 의식적으로 하자는 것이죠. 나르시시즘이라도 괜찮으니 한번 내 마음속으로 풍덩 제대로 빠져봤으면 좋겠어요.

아, 그렇다면 선생님이 생각하는

'정여울다움'이 있는지요?

저는 감정을 못 숨겨요. 아무리 노력해도 "야, 너 얼굴에 다 티가 나" 그러더라고요.(웃음) 때로 정색하지 않고서는 살수 없는 게 저인 것 같아요. 경쟁이나 성공을 위해 남들에게 잘 보여야 하는 쪽으로는 재능이 전혀 없는 거예요. 30대 중반 즈음 깨달았죠. '역시 조직 생활을 좀 피하고 글을 쓰며 나 자신이 원하는 것을 천천히 해나가야겠구나.'(웃음) 불안과 불안정성, 미래의 예측 불가능성을 견딜 만큼 정직함이 좋아진 거예요. 멋있어 보이기보다 스스로에게 솔직한 삶을 살고 싶다는 게 좌충우돌 끝에 내린 저다움이었어요.

감정 기복도 심한 편이에요. 극복하려 했는데 실패했거든요.(웃음) 왜 그럴까 생각해봤더니 감정이 제게 너무 중요한 존재라 그렇더라고요. 억압하거나 짓누른다고 될 것이 아니라 그 감정에 충실하고 온 마음을 다해 살아낼 때 저다움이 나와요. 어느 정도 차분하게 감정 기복을 견딜 수 있으면 파도 타듯이 이용해 글을 쓰거나 강의를 해요. 그렇게 하면 오히려 저다운 것이 되더라고요. 이제는 내 감정을 미워하지 않고, 윈드서핑하듯 감정의 흐름을 타고 싶어요. 내가 나이

면서 동시에 타인으로서 다른 사람과 소통할 수 있다는 희
망이 생긴 것 같아요.

**앞서 '월간 정여울'을 통해 살아가는 정여울을
거리낌 없이 보여주고, 독자들과 소통하고 싶다고
했는데요. 굉장한 용기를 필요로 하는 일인 듯해요.
관련하여 기획 회의를 할 때 언젠가 "글보다 삶이
더 멋지다"라고 이야기한 것도 인상 깊고요.**

제게 유토피아적 삶이 있어요. 모네가 부러운 이유가 삶
과 예술이 일치했기 때문이더라고요. 모네 작품에 나오는
아름다운 정원 있잖아요. 수련도 일꾼들과 함께 본인이 직
접 심은 거예요. 어떻게 만들지 구상하고, 연못을 파고, 나무
와 꽃을 심으면서 천천히 정원을 가꿔나갔죠. 그러고는 매
일매일 달라지는 모습을 하나의 소우주로 생각해 화폭에 담
아냈어요. 아, 저게 삶과 예술이 일치하는 세계구나, 너무 아
름답고 나도 그런 삶을 살고 싶다, 했어요.

제게는 글과 삶이 일치하는 세계일 텐데 정말 어렵더라고

요. 제가 글로 너무 욕심을 부려놔서.(웃음) 하지만 글에서 표현한 제 마음은 진실이거든요. 글보다 삶이 더 멋지다고 한 이유는, 좋은 삶을 사는 데 도움이 안 된다면 글쓰기도 소용 없다는 생각에서 비롯했어요. 글만 좋고 삶이 완전 별로라면 저 자신이 용납할 수 없겠지요. 글을 쓰는 것이 곧 더 좋은 사람이 되기 위한 몸부림과 일치하기를 바라지요.

마찬가지로 글도 삶에 좀 더 가까워지기를 원해요. 우리 삶은 복잡하고 미세한 순간들의 겹침으로, 스펙트럼으로 이어져 있어요. 글이 삶을 담아내기엔 비좁을 때가 있죠. 그 간격을 점점 좁히고 싶어요. 결국 삶이 더 좋아져야 해요. 삶이 글을 통해 더 나아져야 하고, 글도 삶을 향해 더 깊고 넓어져야 해요. 서로가 서로에게 마치 반려자처럼 도움이 되기를 원해요. 영어 표현 중에 'better half'라는 말이 참 좋아요. 반려자는 나보다 더 괜찮은 존재인 거예요. 글은 영혼의 반려이기도 하죠. 제 삶과 글이 서로에게 반려가 되어주면 좋겠어요.

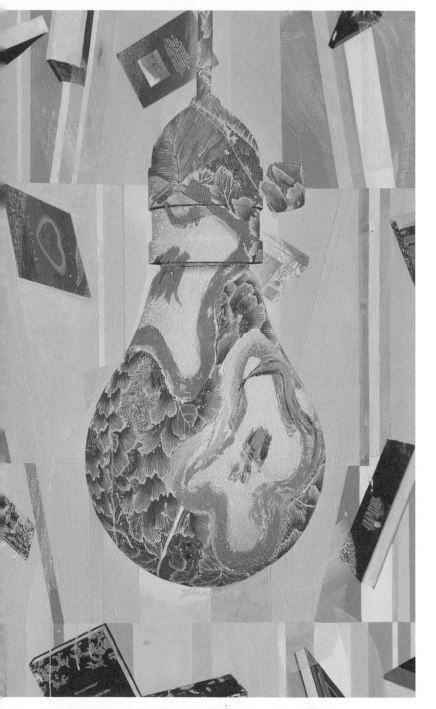

생애
처음
만나는
자유

　얼마 전 신문을 읽다가 처음 알게 되었다. 내가 블랙리스트 작가였다는 것을. 아무도 내게 말해주지 않았기 때문에 내가 그 악명 높은 블랙리스트 작가로 '찍혔다'는 것을 몰랐다. 분노보다는 부끄러움이 먼저 고개를 들었다. 지난 정부의 블랙리스트 작가로 관리될 만큼, 나 자신이 부당한 권력을 향하여 열심히 투쟁하지 못했기에 너무도 부끄러웠다. 내 무기는 오직 글쓰기뿐인데, 그 유일한 무기인 글쓰기에서마저도 나는 용감하지 못했다. 15년 넘게 작가로 살아왔지만, 지난 정권만큼 내 글쓰기가 자주 검열당한 적은 없다. 나는 몇 번이나 원고 전체를 검열·수정당하거나, 힘들게 쓴 원고 자체를 "싣지 못하겠다"라는 청천벽력 같은 소식을 들었다. 그때마다 '부당한 세상'보다는 '좀 더 용기 있게, 과감하게 대처하지 못하는 나'를 원망했다. 이 메마른 세상 속에서 지칠 대로 지친 사람들에게 용기를 주는 글을, 정말 간절히 쓰고 싶었지만, 정작 나 자신에게는 용기를 불어넣지 못했다.

때론 나보다 나를 더 잘 알아서 날 당황시키는, 내 소중한 친구는 이렇게 말한 적이 있다. "너는 끊임없이 무언가를 쓰면서 동시에 끊임없이 네 자신을 숨기고 있어. 네가 차마 말하지 못하는 부분이 뭔지, 난 알 것 같아. 네가 글을 쓰면서 결코 끝까지 가지 못하는 이유를, 난 알아." 친구는 아는데, 정작 나는 몰랐다. 내 글은 어딘가 애처로운 극한을 향했지만, 끝까지 가본 적이 없었다. 갈 데까지 가고 싶은데, 갈 데까지 가버린 뒤 다시 이 자리로 돌아올 자신이 없었다. 무언가를 미친 듯이 두려워하고 있었는데, 그 두려움의 뿌리를 몰랐다. 그러다가 심리학자 일레인 N. 아론의 『타인보다 더 민감한 사람』을 읽으며 내 용기의 결핍이 어디서 오는가를 깨달았다.

용기는 초인적이고 영웅적인 힘만은 아니다. 오히려 보통 사람들의 용기는 '인생을 다 던져보고도, 무사히 제자리로 돌아올 수 있다는 믿음'에서 우러나온다는 것이다. 엄마가 나를 지켜줄 거라는 믿음 때문에 마음껏 달리고 넘어질 수 있는 아기처럼. 그런데 나는 모든 것을 걸고 무언가에 도전하고도, 다시 내 자리로 돌아올 수 있다는 확신이 없었다. 체게바라의 시 「행복한 혁명가」에서처럼, 모든 걸 멋지게 던지고 그 꿈이 이루어지면 미련 없이 다음 꿈의 파종지를 향해 떠나고 싶었는데. "쿠바를 떠날 때 / 누군가 나에게 이렇게 말했다 / 당신은 씨를 뿌리고도 / 열매를 따 먹을 줄 모르는 / 바보 같은 혁명가라고 / 나는 웃으며 그에게 말했다 / 그 열매는 이미 내 것이 아닐뿐더러 / 난 아직 씨를 뿌려야 할 곳이 많다고 / 그래서 나는 행복한 혁명가라고."

글쓰기는 흙수저로 태어난 내가 이 무정한 세상을 향해 힘차게 날아오를 수 있는 유일한 날개였기에, 제한된 공간에서나마 글을 쓸 자유만은 빼앗기고 싶지 않았다. 내 마지막 보루가 '글을 쓸 수 있는 자유'임을 깨닫고 나니, 비로소 마음 깊은 곳에 꽁꽁 숨었던 용기가 수줍게 고개를 내밀기 시작한다. 이제 마음이 가는 대로, 누구의 눈치도 보지 않고, 움츠린 가슴을 활짝 펴고 글을 쓰겠구나. 혹독하게 잃어보았기에, 내가 본래 가진 자유가 얼마나 소중한지를 비로소 깨달을 수 있었다. 작가에게 가장 무서운 적은 바로 자기 검

열이다. 누군가 나를 검열하기도 전에 내가 나를 이미 검열
하고 있었다. 누군가 "이건 안 돼요"라고 말하기도 전에, 공
들여 쓴 문장을 스스로 삭제했다.

　이제는 내 안의 웅크린 또 다른 나, 주눅 들고 상처 입어
원래 모습조차 알아볼 수 없는 나를 깨워 힘껏 안아주고, 햇
살 가득한 세상 속으로 끌고 나와야겠다. 문학, 음악, 미술,
영화 그 어떤 예술도, 블랙리스트 따위에 휘둘리지 않고 자
신의 끝까지 걸어갈 수 있기를. 나는 우선 당신조차 알지 못
하는 그 아픈 무의식의 밑바닥까지 어루만지는 글을 쓰고
싶다. 마침내 당신의 상처 입은 마음속 깊은 곳까지 닿을 수
있도록. 세상의 추악함과 아름다움을 모두 아우르는, 한없
이 넓고도 깊은 글을 쓰고 싶다. 사랑의 끝까지, 미움의 끝
까지, 아픔의 끝까지 걸어가 보고 싶다. 갈 데까지 가보아도,
아무도 죽거나 다치지 않는 세상을 보고 싶다.

내 마지막 보루가
'글을 쓸 수 있는 자유'임을 깨닫고 나니,
비로소 마음 깊은 곳에
꽁꽁 숨었던 용기가
수줍게
고개를 내밀기 시작한다.

나는
나보다
큰
사람

 우리는 과연 자신이 지닌 능력의 몇 퍼센트나 써보며 살 다 갈 수 있을까. 우리가 우리 안의 아주 작은 부분들만 경험 하며 산다면, 미처 쓰지 못한 능력이나 감정, 꿈이나 사랑은 과연 어떻게 되어버리는 걸까. 어쩌면 우리 자신이 미처 실 현하지 못한 그 '나머지' 부분이야말로 우리 삶에서 더 본질 적인 것이 아닐까. 더 높이 더 빨리 날아오르길 바라는 사람 들은 끊임없이 이렇게 생각한다. '나는 역량이 부족해.' '내가 원하는 경지에 이르려면 아직 한참 멀었어.' '난 언제쯤 내가 꿈꾸는 바로 그 삶을 살 수 있을까.' 하지만 이렇게 자기를 다그치는 질문만으로는 내 안의 진짜 힘을 끌어낼 수가 없 다. 우리는 좀 더 적극적으로 자기 안에 잠재된 힘을 깨닫기 위한 여정을 시작해야 하지 않을까.

철학자 자크 라캉은 인간의 정신세계를 세 단계로 나누어 상상했다. 첫째, 상상계. 이것은 유아기의 달콤한 환상, 해피엔딩을 향한 막연한 기대, 나에게 결코 나쁜 일이 일어나서는 안 된다는 강한 믿음과 바람이 담긴 정신적 공간이다. 디즈니 애니메이션이나 아이들의 동화책에서 원작 스토리의 비극적이거나 잔인한 부분을 삭제하고 억지로 해피엔딩을 끼워 넣는 조작 욕망이 바로 상상계의 전형적 패턴이다. 상상계는 복잡하고 현실적인 것, 끝까지 책임지는 어른스러운 듬직함으로부터 거리를 두는 정신의 유아성이다. 상상계는 피터 팬의 놀이 공간, 꾸밈없는 상상력이 활개 칠 수 있는 소중하고 순수한 공간이긴 하지만, 상상계만으로는 어른이 될 수 없다. 바로 이 상상계의 유치함과 무책임함을 뛰어넘는 공간이 상징계다. 상징계는 철든 어른들만의 마음 공간이다. 자신이 맡은 일에는 반드시 책임을 지려는 태도, 환상적이고 동화적인 세계에 만족하지 않고 복잡하고 난해한 현실 세계의 문제를 해결하는 데서 더 깊은 만족을 느끼는 정신의 힘이기도 하다.

상상계에서 상징계로 진입하는 순간 인간의 역량은 급격히 치솟아 이전에는 느낄 수 없었던 강력한 성취감과 뿌듯

한 자긍심이 샘솟게 된다. 성실하고 선량한 사람들, 자기 일
을 남의 것으로 미루지 않는 어른들은 대부분 이런 상징계
의 성장을 경험한다. 어른이 되어서도 부모님에 대한 의존
에서 벗어나지 못하거나 영화를 볼 때도 해피엔딩에 집착하
는 사람은 상상계의 달콤한 동화적 쾌락을 최고의 행복으로
여기기에, 어떤 역경에도 불구하고 자신의 길을 개척해나가
는 사람이 느끼는 상징계의 기쁨을 알지 못한다. 편안하게
이미 부모님이나 주변 사람이 마련해놓은 행복의 쿠션 안에
쏙 안기는 상상계의 쾌락에 비해 상징계의 행복은 훨씬 많
은 노력을 필요로 한다. 누가 나에게 덥석 안겨주는 행복보
다는 애써서 직접 만들고 인생을 걸고 지켜내는 사람과 가
치의 소중함에 눈뜨는 것. 그것이 상상계에서 상징계로 진
입하는 성숙의 기쁨이다.

　그런데 인간은 상징계의 단계로만 만족하지 못한다. 더
크고 깊은 이상을 꿈꾸고, 때로는 불가능한 이상이나 기적
에 가까운 일을 열망하기도 하며, 자기 안의 창조성을 최대
한 실험하고 싶은 내적 욕구가 있다. 그것이 바로 실재계다.
실재계는 우리 능력의 진검 승부가 이루어지는 마음의 공간
이다. 사람들은 평소에 일의 성격에 맞게, 외부 상황에 맞게

자신의 능력을 조절해서 쓰곤 한다. 그러다 보니 자신의 역
량을 남김없이 실험해볼 공간, 마음껏 나 자신의 힘을 발휘
할 진정한 소통의 공간을 찾기가 어렵다. 그런데 '정말 이건
내 일이다' 싶을 때는 자기 안의 잠재력이 폭발한다. 아무리
위험부담이 커도, 아무리 "이건 잘 안될 거다"라며 남들이
만류해도, 반드시 내 힘으로 해내고 싶은 일을 발견하는 것
이야말로 실재계의 시작이다.

   우리는 흔히 '다른 사람들이 나를 어떻게 평가할까'를 가
지고 자신의 역량을 헤아린다. 그래서 다른 사람들이 나를
좋게 여기지 않으면 자존감에 깊은 상처를 입고 '나는 능력
이 없는 사람이야'라는 자기 징벌에 갇히곤 한다. 나의 소중
함을 바깥에서 찾으려 하면 늘 이런 딜레마에 빠진다. '타인
이 나를 어떻게 판단하는가'보다는 '내가 나를 어떻게 바라
보는가'에 더욱 집중하면, 진짜 문제가 보이기 시작한다. 타
인이 평가하는 객관적인 역량보다 때로는 더 중요한 것이
'내가 나를 바라보는 시선'이다. '어쩌면 나의 역량보다는 내
가 진정으로 사랑하지 않는 일에 시간을 빼앗기고 있다는
점이 문제가 아닐까'라고 생각할 수도 있고, '다른 사람의 시
선을 워낙 신경 쓰다 보니, 내가 나를 차분하게 살피고 사랑

할 마음의 여유가 없었다'는 것을 깨달을 수도 있다. 문제는
'나의 진정한 힘은 무엇인가'를 찾는 자기 성찰의 지혜다.

  그러려면 '마음의 여백'이 필요하다. 일에만 신경 쓰고, 타
인의 평가에만 신경을 곤두세우고, '내가 나를 바라볼 시간'
을 주지 않는 초조함이 마음의 여백을 빼앗아간다. 내가 어
디를 가야 가장 기쁠까. 내가 무슨 일을 해야 가장 큰 보람을
느낄까. 내가 누구와 일할 때 가장 눈부신 재능을 발휘할까.
우리는 상상계의 동화적 쾌락을 넘어, 상징계의 성숙한 책
임감을 넘어, 마침내 내가 지닌지도 몰랐던 자기 안의 놀라
운 잠재력을 발견하는 실재계의 희열을 향해 끝까지 나아갈
권리가 있다. 내 역량을 발견하는 힘, 그것은 '남들이 칭찬하
는 길'로만 가는 것이 아니라 '누가 뭐래도 내 마음 깊은 곳
에서 가장 기뻐하는 일'을 찾아 어떤 계산도 없이 한 걸음 한
걸음 나아가는 용기에서 우러나온다.

부디
낯선
사람이
되지는
말아줘

　나는 결코 입 밖에 내지 못할 말을 누군가 거리낌 없이 하고 있을 때 깊은 당혹감을 느낀다. "그건 저희 부서 소관이 아닌데요." "그건 그쪽 사정이지." "남의 일에 신경 끄시죠." 이런 문장을 들으면 그 아래 깔린 냉혹한 무관심과 책임 회피의 심리가 가슴을 할퀸다. '우리가 어렸을 땐 이런 말을 별로 듣지 못했는데' 하는 안타까움도 밀려든다. 일단 직접적으로 자신이 관련된 일이 아니더라도, 간절하게 도움을 청하는 사람 앞에서는 마음이 열리고 어떻게든 조금이라도 도와주고 싶은 마음. 그것이 우리가 잃어버린 따스함이 아닐까.

　영어 문장 중에서도 내가 가장 싫어하는 문장은 이것이다. "None of your business(상관 마시죠)." "Mind your own business(당신 일이나 신경 쓰지 그래)." 이런 문장을 자주 쓰는 사람의 마음속에는 철통같은 방어벽이 둘러쳐 있는 것 같다. '남의 일에 신경 쓰는 사람은 질색이야', '그 누구도 내 일에 상관하지 않도록 만들겠어', '절대 손해 보는 일은 없어야지' 이런 마음의 방어벽 말이다.

이런 문장들은 우리 마음에 끊임없이 울타리를 치고 말뚝을 박는 '단절의 언어'다. 너와 나의 경계를 분명히 하고, '우리 일'과 '남의 일' 사이에 확실한 구분 선을 긋고, '내가 할 수 있는 일'과 '내가 할 수 없는 일' 사이에 명확히 울타리를 친다. 하지만 이런 구별 짓기의 말들로는 세상을 바꿀 수 없다. 이렇게 경계 짓고, 말뚝을 박고, 방어벽을 칠 때마다, 더 많은 사람이 도움을 받지 못하고, 고통을 혼자 안으로 삭이며, '이 세상은 차갑고 무서운 곳이야'라는 생각 속에 자신의 잠재력을 가두어버린다.

그렇다면 우리에게 용기와 힘을 주는 '소통의 언어'는 무엇일까. 소통의 말, 연결 언어의 특징은 '함께일 때 우리는 더 나아질 수 있다'라는 믿음을 준다는 점이다. 얼마 전 내 오랜 친구에게 그동안 아무에게도 제대로 털어놓지 못했던 이야기를 어렵게 꺼냈다. 무엇 때문에 내가 힘든지, 오랫동

안 견디고 삭이고만 있었던 슬픔이 무엇인지. 차마 다 말하
지는 못했지만, 소중한 친구에게 아픔을 털어놓고 나니 비
로소 숨통이 트였다. 그때 친구가 해준 말은 이것이었다. "나
도 그랬어. 나도 너처럼 그렇게 아픈 적이 있어. 사실은 지금
도 완전히 나아지진 않았어." 그 순간 코끝이 찡해지고 눈앞
이 흐려졌다. 내 아픔을 고백하려 꺼낸 말이, 뜻밖에도 그동
안 전혀 몰랐던 친구의 아픔을 알게 해주는 또 다른 통로가
된 것이다.

　　나는 그 순간 친구에게 한없이 미안해졌다. 네가 그렇게
아파하는 동안, 나는 눈치조차 채지 못하고 있었구나. 어쩌
면 나보다도 네가 훨씬 더 많이, 더 깊이 앓았던 거로구나.
내 아픔만 애지중지하느라 너의 아픔은 돌봐주지 못했구나.
그 순간 우리는 지난 20년 동안 이미 더없이 친한 친구였지
만 그 어느 때보다도 친밀하고 소중한 관계가 된 느낌이었
다. "나도 그래." "나도 너와 같아." 나는 이런 말이 어떤 위로
의 말보다 아름다운 소통의 언어임을 믿는다.

　　우울증은 '의미를 찾지 못한 고통'의 다른 이름이다. 이 말
을 뒤집어보면, '의미를 찾을 수 있는 고통'이라면, 그 고통은

마침내 치유의 가능성을 찾을 수 있다는 말이 아닐까. 우리는 수많은 이유로 슬픔과 우울, 절망과 고립감을 느끼지만, 고통에 이것저것 '이름'을 붙여 고칠 수 없는 질병으로 만들기보다는 고통의 '의미'를 찾을 수 있는 연결의 언어들을 고민해야 하지 않을까. 나는 내 고통이라는 그림자를 통해 오히려 친구와의 우정을 되찾을 수 있었다. 우리는 고통의 그림자를 공유한 사이기에, 그 고통을 치유할 힘까지도 공유할 수 있는 관계였던 것이다.

내가 좋아하는 영어 문장 중에는 이런 것이 있다. "Don't be a stranger(연락하고 지내자)." 나는 이 말의 '직역' 버전이 더 좋다. 낯선 사람이 되지 마. 이방인이 되지 마. 나에게 부디 낯선 사람이 되지는 말아줘. 이런 따뜻한 말들은 '낯선 사람'이나 '이방인'이라는 단어가 얼마나 무서운 고립감을 자아내는지를, 얼마나 잔혹한 '단절의 언어'인지를 깨닫게 해준다. 작가 E. M. 포스터는 이런 명언을 남겼다. "다만 연결하라." 상관없어 보이는 것, 아예 서로 아무런 연결 고리가 없어 보이는 것을 연결할수록, 기적이 일어날 가능성은 높아진다. 그 모든 것들을 연결하여 무언가를 새롭게 만들어보려는 눈물겨운 안간힘. 거기서 창조성의 기적이 태어나고,

도저히 이루어질 수 없는 사랑이 실현되는 눈부신 관계의
기적이 일어난다. 세상은 우리에게 '단절하라'고 말하지만,
우리는 우리와 상관없어 보이는 모든 것을 연결할 권리가
있다. 다만 연결함으로써, 용감히 접속함으로써, 서로 상관
없어 보였던 그 모든 상처와 기쁨은 눈부신 창조의 가능성
으로 되살아날 수 있다.

일대일의
만남만이
가능하게
해주는
것들

이 일을 해내면, 이 장애물만 뛰어넘으면, 모든 것이 괜찮아질 것만 같은 순간이 있다. 그런데 그 장애물을 뛰어넘기가 싫다. 왠지 거부하고 싶다. 진정한 나 자신을 찾는 길 위에서 뛰어넘어야 할 최고 난이도의 관문. 바로 내 슬픔의 뿌리를 직시하는 것이다. 때로는 타인에게 내 아픔의 뿌리를 털어놓고, 치유의 가능성을 함께 탐색하는 작업이 필요하다. 그런데 아픔을 숨김없이 털어놓기란 결코 쉬운 일이 아니다. 상담 치료를 할 때 환자들이 일부러 약속 시간을 안 지킨다든지, 괜스레 상담실의 인테리어나 오는 길의 교통 체증을 문제 삼는다든지, 자신을 진심으로 도와줄 의지가 있는 사람의 조언을 매몰차게 거절하는 것이 바로 '저항 resistance'이다. 저항을 하는 동안 잠깐 나의 자존심은 지킬 수 있지만, 이러한 저항은 궁극적으로 진정한 자기실현의 가능성을 스스로 말살하는 행위다.

내가 적극적으로 변화해야만 가능한 치유를 거부하는 '저항'은 매우 다양한 방식으로 나타난다. 나는 글쓰기 수업을 할 때 학생들의 맹렬한 저항에 부딪힌다. 자신의 아픔을 생생하게 묘사하는 동안, 단지 슬픔만이 마음 밖으로 빠져나오는 것이 아니라 '슬픔을 치유할 힘' 또한 자신도 모르게 솟아나게 된다. 그런데 슬픔을 표현하는 일에는 강한 수치심이 동반되기 때문에 사람들은 이 과정을 두려워한다. 나는 일대일 멘토링을 통해 이 과정을 함께하는 것이 글쓰기 수업의 진정한 묘미임을 경험으로 배우고 있다.

어떤 학생은 문장은 매우 훌륭한데 자신의 슬픔이 무엇 때문인지에 대해선 전혀 힌트를 주지 않아 공허한 글쓰기를 계속한다. "학생은 분명히 글쓰기에 재능이 있는데, 있는 그대로의 자기 마음을 보여주지 않기에 안타깝다"라고 이야기하니, "굳이 표현할 필요를 못 느끼겠다"라면서 딴청을 피운다. '저항'의 전형적 사례다. 사실 그 모습마저도 귀엽다. 예전 같았으면 '이 아이는 왜 이토록 시니컬할까' 걱정했겠지만, 이제는 안다. 그 아이도 침묵이나 생략의 방식으로

자기 아픔을 표현하고 있다는 것을. 나에게 반기를 듦으로
써 자신의 힘을 과시하지만, 실은 스스로도 모르게 '내 아픔
을 누구에게도 보여주기 싫다'는 닫힌 마음을 내보이는 것
이다.

일대일 멘토링을 하다 보면 무엇보다도 나 자신이 변화한
다. 망원경으로 볼 수밖에 없었던 아이들의 아픔이 현미경
으로 생생하게 확대되어 보이기 시작한다. 효율적인 교육이
아니라 진심 어린 소통을 추구하자 겨우 두 달 만에 많은 것
이 바뀌었다. 글쓰기가 싫어 펜대만 하염없이 굴리며 지루
해하던 아이가 고양이를 잃어버린 슬픔에 대한 뭉클한 글을
써서 나를 감동시켰고, 글쓰기에 좀처럼 관심이 없던 아이
가 할아버지의 죽음 직전 자신과 마지막으로 나눈 통화 이
야기를 글로 써서 나를 울리고 학생도 울었다. "아가, 할애비
가 세상에서 젤로 사랑하는 건 우리 손녀인 거 알제? 인자
내가 없더라도 너무 슬퍼하지 말그래이."

눈물을 뚝뚝 흘리는 학생의 어깨를 말없이 안아주며 나는
깨달았다. 학생들에게 필요한 것은 글쓰기의 전략이 아니
라 아픔을 털어놓을 사람임을. 아이들은 단지 글쓰기 선생

이 필요한 것이 아니라 자신의 이야기를 마음을 다해 들어
줄 친구가 필요했던 것이다. 일대일 소통을 통해 누구보다
도 내가 바뀌었다. 어떻게 하면 글쓰기 수업을 더 잘해낼 수
있을까를 고민하며 초조해하던 내가 어떻게 하면 아이들의
아픔을 더 잘 이해할 수 있을까를 고민하는 사람으로 변했
다. 친밀성의 힘은 이렇듯 수많은 것을 바꿀 수 있다. 인디언
들은 '친구'를 이렇게 정의한다. 친구란, 내 슬픔을 등에 지고
가는 사람이라고. 내가 아이들의 슬픔을 등에 짊어지고 가
기로 마음먹자, 아이들은 어느새 '가르침의 대상'이 아니라
한 명 한 명 더없이 소중한, '다정한 길벗'이 되었다.

우리가
대단히
각별한
사이는
아니지만

　　네 살배기 조카와 대화를 하다가 깜짝 놀라고는 한다. 하루는 조카와 대화를 나누다가 너무 복잡한 내 생각을 아이의 언어로 잘 설명할 수 없으리라 지레짐작하고 장난스럽게 "그건 비밀이야"라고 말했다. 그랬더니 놀랍게도 아이는 이렇게 대답하는 것이었다. "준우는 비밀 싫어하는데." 벌써 뾰로통해진 얼굴로 마음이 상했음을 확실히 표현하는 것이었다. "이모가 비밀 없었으면 좋겠어?" 그랬더니 금방 얼굴이 환해지면서 "응, 비밀은 나빠" 한다. 아이는 벌써 누군가의 비밀로부터 상처받았을지 모른다. '자기만 알고, 나에게는 이야기해주지 않는 것'이 비밀임을 일찍이 알아버린 것이다. '비밀'이라는 단어를 말할 때 어른들의 마음이 닫혀버린다는 것을 아이의 순수한 마음이 본능적으로 포착한 걸까. 우리는 "이건 비밀이야", "그건 말씀드리기 곤란한데"라고 하면서 마음의 문을 닫는 경우가 허다하지 않은가.

　비밀 없는 관계란 어떤 것일까 생각해본다. 비밀이 없으려면 아낌없이 마음을 줘야 한다. 그 사람이 내 비밀을 다 알아도 괜찮다는 느낌, 그에게 내 어두운 마음속 비밀을 다 털어놓아도 그는 내게 전혀 해를 끼치지 않으리라는 믿음이 비밀을 사라지게 한다. 그러고 보니 '마음을 준다'라는 표현이 너무도 소중함을 뒤늦게 깨닫는다. 언제부턴가 사람으로 인한 상처를 예전보다 훨씬 덜 받게 됐다. 이렇게 철이 드는구나 싶었다. 걸핏하면 사람으로부터 상처 입고 마음으로 피를 뚝뚝 흘리는 나 자신을 되돌아보고, 지나치게 예민했던 과거를 반성했다. 그런데 마음이 예전보다 덜 아픈 것은 철들거나 단단해져서가 아니라, 이제 타인에게 마음을 덜 주기 때문이라는 것을 퍼뜩 깨달았다. '마음을 준다'라는 것은 엄청난 표현이다. 내 마음을 남에게 주면서 이 마음으로 뭐든 해도 좋다는 일종의 신체 포기 각서다. 그 사람이 내 마음으로 무엇을 해도 괜찮다는, 무한대로 활짝 열린 마음의 표현인 셈이다.

　예전에는 거리낌 없이 마음을 줬다. 마음을 줘야겠다고

비장하게 마음먹어서가 아니라 그냥 마음이 제멋대로 움직
여 그에게로 갔다. 그래서 툭하면 상처 입었다. 이제는 마음
을 절반만 준다. 항상 빠져나갈 자리를 만들어둔다. 상처받
을 때를 대비해 마음의 범퍼를 마련해두는 것이다. '괜찮은
사람이기는 하지만 나와 특별히 친한 것은 아니야.' '섭섭하
게 해도 어쩔 수 없지, 우리가 대단히 각별한 사이는 아니니
까.' 이렇듯 소심한 방어기제를 쌓아 올리는 것이다.

　'마음을 주다'라는 표현에 한껏 골몰해 있을 때, 문득 선배
로부터 이런 말을 들었다. "여울아, 회전문은 항상 닫혀 있는
거 아니?" "회전문은 항상 열려 있는 거 아닌가요?" "생각해
봐. 회전문은 열린 것처럼 보이지만 항상 닫혀 있어. 활짝 열
릴 때가 없잖아. 한쪽이 열릴 때도 한쪽은 늘 닫혀 있지." 과
연 그랬다. 회전문은 마음을 반만 주는 나 자신을 닮은 존재
였다. 회전문을 밀고 들어가는 기분은 썩 좋지 않다. 그 짧은
시간이 영원처럼 갑갑하게 느껴진다. 잠깐이지만 유난히 길
게 느껴지는, 유리 감옥 같은 회전문. 회전문은 열역학적으
로 성공적인 발명품인지 몰라도 인간의 감수성을 메마르게
한다.

　나는 항상 열린 듯 보이지만 본질적으로 닫혀 있는 회전
문에 반대되는 것을 찾아냈다. 그것은 바로 항상 닫힌 듯 보
이지만 본질적으로 열려 있는 '복주머니'다. 할머니의 복주
머니는 늘 애타는 설렘과 기대감을 품게 만들었다. 알록달
록한 사탕도 나오고 손주들 용돈도 나오고 달콤한 추잉 껌
도 나왔다. 할머니는 복주머니에 인생의 해답을 품고 있는
듯 보였다. 복주머니는 항상 닫힌 듯 보이지만 알고 보면 항
상 열려 있는 할머니의 푸근한 마음이었던 것이다. 복주머
니는 느슨한 매듭으로 닫혀 있기에 아무리 꼭 묶어도 언제
든 쉽게 풀 수 있다.

　'복주머니'라는 말에는 중층적인 의미가 담긴 것 아닐까.
복을 주는 주머니, 복이 되는 주머니, '이 주머니를 품는 모
든 이에게 복을 주리라'라는 열린 마음가짐까지. 우리도 타
인에게 복주머니 같은 마음을 줄 수 있을까. 사랑한다고 말
하면서 사랑에 필요한 온갖 책임은 회피하는 '무늬만 사랑'
이 아니라, 차마 수줍어서 말하지 못하더라도 나의 행동 하
나하나가 깊은 사랑에서 우러나오는, 그런 복주머니 같은
마음을 아낌없이 주고 싶다.

그 사람이
내 비밀을 다 알아도
괜찮다는 느낌,
그에게 내 어두운 마음속 비밀을
다 털어놓아도
그는 내게 전혀 해를
끼치지 않으리라는 믿음이
비밀을 사라지게 한다.

내성적인
사람의
자기표현법

보여주기를 중시하는 문화에서는 더 화려하게 자신을 장식하는 사람들이 승리하는 것처럼 보인다. 내성적인 사람이나 예민한 사람보다는 적극적인 자기표현을 스스럼없이 해내는 사람이 인정받는다. 나는 그 문화에 적응하지 못했다. 남들 앞에서 말하기를 두려워하는 아이, '발표'나 '리더' 같은 단어에는 알레르기 반응을 일으키는 아이였다. 내가 글쓰기를 직업으로 택한 이유는 '되도록이면 말을 하지 않고, 꼭 필요한 것은 글로 표현하기 위해서'였다. 말을 할 때마다 타인의 시선을 의식해 원래 말하려던 바와 전혀 다른 엉뚱한 말이 튀어나오는 순간들이 싫었다. 아무리 숨기려 해도 그 과정의 미숙함이 다 드러나는 '말'보다는, 어느 정도 드러내되 결정적인 것은 숨길 수 있는 '글'이 편했다. '말실수'라는 단어는 있어도 '글실수'라는 단어는 없지 않은가. 글에는 퇴고

라는 멋진 패자부활전이 준비되어 있었다. 그때그때 준비할
수 없는 말, 너무도 즉흥적이어서 예행연습 따위는 통하지
않는 말에 비해, 글에는 충분히 준비할 시간이 있었다. 매만
지고 다듬고, 찢어버릴 자유가 있었다.

　요컨대 글에는 백스테이지가 있었다. 무대 뒤편에서 나
는 내 글쓰기의 예행연습을 할 수 있었다. 수십 번을 고쳐도
아무도 모르니, 마음이 편해지기 시작했다. 글을 쓰면서 나
는 '너무 많은 자기표현을 요구하는 사회'와의 타협점을 찾
았다. 자기표현을 하되, 반드시 적극적이거나 능동적일 필
요는 없는, 차라리 소극적이고 예민한 내 성격을 십분 활용
할 수 있는 내면의 글쓰기가 참으로 좋았다. 그런데 이게 웬
일인가. 글을 쓰다 보니 자꾸만 말할 기회가 생겼다. 글을 쓸
때마다 말할 기회는 늘어났다. 책을 쓰면 강연을 하게 되고,
책에 대한 인터뷰 요청도 많아진다는 사실을 몰랐던 것이
다. 글을 쓰는 날에는 내 감정을 다 불태운 뒤의 시원한 카타
르시스를 느꼈지만, 강연이나 인터뷰 등 '말'에 온 신경을 쏟
은 날은 심각한 우울감과 공허감이 찾아왔다. '이러려고 글
을 쓴 게 아닌데, 난 정말 말을 잘 못하는데, 글만 쓰며 살아
갈 순 없을까'라는 식으로 자기변명을 하다 보니 더 큰 자존

감의 위기가 찾아왔다. '이러다가 글도 못 쓰는 것이 아닐까'
하는 두려움이 엄습했다.

그때 문득 내 안에서 이런 목소리가 들려왔다. '내성적인
사람이라고 해서 표현의 욕구가 없을까. 우리는, 그러니까
내성적인 사람들은 표현하고 싶지 않은 것이 아니라 다르게
표현하고 싶은 것이 아닐까.' 말하기를 피하고 무서워하기
만 해서는 안 된다는 생각이 들었다. 그때부터 조금씩 내 안
의 두려움과 싸워나가기 시작했다. '진심을 다해 마음 깊은
곳의 이야기를 털어놓으면, 언젠가는 사람들에게 가닿겠지'
하는 믿음이 생겼다. 글쓰기는 혼자만의 노력으로 가능했지
만, 말하기는 '나와 청중 간의 교감'이 있어야만 성립될 수 있
는 더욱 복잡한 소통의 장이었다.

나는 어느 순간 말하기의 매력에 빠지기도 했다. 독자를
대면할 수 없는 상황에서 오직 혼자만의 글쓰기에 매진하는
'문자언어'와 달리, 사람들의 생생한 표정 변화와 질문까지
만나볼 수 있는 말하기의 상호 교감적인 소통의 매력이 비
로소 눈에 들어오기 시작했다. 지금도 강의 시간마다 긴장
하긴 하지만, 가끔은 10년 전의 첫 강의 못지않은 공포감에

몸을 떨기도 하지만, 이제는 '말하기'를 '내 삶'의 일부로 받아들이고 있다. 말하기를 글쓰기보다 좋아하진 않지만 오직 육성과 표정과 상대방과의 교감 속에서만 작동하는 말하기의 역동적인 매력을 알면 알수록 글쓰기에도 커다란 도움이 된다.

열심히 강의를 하다가 문득 새로운 아이디어가 떠올라 글쓰기 노트에 메모하기도 하고, 글을 진득하게 쓰고 나면 왠지 '공부한 내용을 누군가에게 말로 알려주고 싶은 욕구'가 생기기도 했다. 나는 '글쓰기'는 좋아하고 '말하기'는 싫어한다고 믿었지만 사실 마음 깊은 곳에서는 알고 있었다. 글쓰기와 말하기는 결국 같은 뿌리에서 나온 서로 다른 실체일 뿐이라는 것을. 자기표현은 늘 어렵고 힘든 일이지만, 마치 뫼비우스의 띠처럼 말하기와 글쓰기는 연결되어 있다. 말하기와 글쓰기를 통해 우리는 때로 저 밤하늘의 별보다 더 멀리 떨어진 것만 같은 '머나먼 타인'에게 향하는 마음의 사다리에 훌쩍 올라타는 것이다.

어떤
순간에도
우리를
인간답게
만드는
힘

지난해 여름, 오슬로에서 우연히 어떤 한국인 가족의 기념사진을 찍게 되었다. "웃으세요, 치즈!" 환하게 웃으며 기쁜 마음으로 사진을 찍으려는데, 갑자기 중국인 단체 관광객 행렬이 나와 그 가족 사이를 보란 듯이 가로지르고 말았다. 모처럼 가족사진을 찍으려던 한국인들은 "중국인은 역시 안 된다"라며 얼굴을 찌푸렸다. 아무리 한중 관계가 악화되었어도, 설사 우리 쪽이 피해를 입었다 하더라도, '중국인이기 때문에' 더 분노하는 것은 옳지 않게 느껴졌다. 사진을 열심히 찍는 모습을 빤히 바라보면서도 대놓고 우리를 무시하는 중국인 관광객의 무심한 표정은 더욱 충격적이었다. 그런데 단체 관광객 대열 맨 마지막에 서 있던 한 여성이 "정말 미안합니다I'm so sorry"라고 나지막이 속삭이며 자리를 비켜주는 것이 아닌가. 나는 너무 반가운 나머지 "괜찮아요,

걱정 마세요It's okay, Don't worry"라고 전광석화처럼 대답해버렸다. 순간 그녀와 나 사이에 뭔가 따스한 연대감이 스쳐 지나갔다. 나는 '그들이 중국인이라서' 그 무례를 더 심하게 비난하는 집단 심리로부터 거리를 두고 싶었고, 그녀는 '그저 그런 중국인 단체 관광객'의 무례함에 편승하고 싶지 않은 꼿꼿한 자존심을 보여주었던 것이다.

나는 이런 순간적 소통의 반짝임에 마음을 빼앗긴다. 집단적 감정이나 조직의 논리에 따라 관습적으로 행동하는 것이 아니라, 자신만의 소신과 원칙, 감성과 인격의 목소리를 따르며 살아가는 사람을 만날 때, 눈과 귀가 번쩍 뜨인다. 오랫동안 착실히 쌓아온 믿음과 원칙은 위기의 순간에 더 빛을 발한다. 크리스토퍼 놀란 감독의 영화 「덩케르크」를 보았을 때, 나는 극한상황에서도 우리를 끝내 인간이게 만드는 힘을 생각해보았다. 제2차 세계대전 당시 독일군에 '승리'하기 위해서가 아니라 덩케르크에 고립된 40만의 연합군을 '철수'시키기 위해 고군분투했던 이들의 처절한 사투. 그 속에서 빛난 것은 애국심이나 영웅주의가 아니라 한 사람의 목숨을 전투의 승리보다 소중히 여기는 마음가짐이었다. 큰아들이 전사했음에도 불구하고, 작은아들을 데리

고 자신의 선박을 직접 몰고 전쟁터로 나와 수백 명의 병사
를 구하기 위해 기꺼이 목숨을 거는 도슨 선장의 모습은 가
슴을 울렸다. 폭격 때문에 외상 후 스트레스 장애를 앓는 병
사가 아들 피터의 친구 조지를 살해했음에도, 도슨 선장은
그 군인조차 말없이 용서한다. 그에겐 모든 병사가 아들처
럼 소중했으니. 생환生還만이 유일한 지상명령이 된 상황에
서 병사들은 서로를 마지막 구명보트에서 잔인하게 밀어내
는 극한의 생존경쟁을 펼치기도 하지만, 결국 개인의 안위
보다 모두의 존엄을 선택한 이들의 용기 덕분에 무려 38만
명의 군인이 구출된다. "전쟁에서 철수는 승리가 아니지요.
하지만 이번 덩케르크 철수는 명백한 승리입니다." 적을 항
복시키는 것보다 위대한 승리는 바로 40만의 생명만큼이나
소중한 40만의 존엄을 지켜낸 것이다. '단지 살아남는 데 급
급했다'는 자괴감에 빠진 병사들에게, 사람들은 일깨워준다.
그대들이 살아 돌아온 것만으로도 우리는 기쁘며, 당신들은
충분히 위대하다는 것을. 덩케르크 작전의 외피는 '철수'지
만, 그것은 패배나 후퇴가 아니라 인류의 집단적 존엄의 승
리였다.

    모두가 집단의 명령에 굴복하여 약자를 짓밟을 때, 단 한

명만이라도 용기를 내어 불의와 폭력을 향하여 '아니오'라고 대답할 수 있다면, 희망은 있다. 어떤 극한상황에서도 우리를 끝내 인간이게 만드는 힘. 그것은 인생의 우선순위를 승리나 경쟁에 두는 것이 아니라 고통받는 타인을 향한 자비와 공감, 존엄과 정의에 두는 것이 아닐까. '무찔러야 할 적'과 '지켜야 할 우리'를 나누는 삼엄한 경계를 뛰어넘는 용기, '지켜야 할 우리'의 경계를 끊임없이 확장하는 자비와 포용이야말로 아직 우리를 인간답게 하는 힘이다.

자괴감에 빠진 병사들에게,
사람들은 일깨워준다.
그대들이 살아 돌아온 것만으로도
우리는 기쁘며,
당신들은
충분히 위대하다는 것을.

올로와
휘게,
행복의
새로운
시작

"요새 젊은이들은 일에 매달리지 않더라고. 일 잘하던 청
년이라 중책을 맡기려고 눈여겨봤는데, 갑자기 사표를 내더
라고. 세계 일주를 떠난다나?" 직장에서 이런 젊은이를 봤다
며 한숨 쉬는 분들이 많다. 청년 세대의 일탈적인 사고방식
이 이해되지 않는단다. "이런 친구들을 욜로족이라고 한다
며?" 많은 기성세대가 '욜로(YOLO:You only live once의 약자, 인생
은 한 번뿐이니 최대한 즐기면서 살자는 의미)'라는 유행어의 기막힌
가벼움에 혀를 내두른다. 이해는 되지만, 난 그렇게는 못 산
다며. '욜로'와 함께 '휘게'도 각광받는데, 휘게Hygge는 덴마크
어로 안락함, 아늑함을 뜻하는 것으로서 바쁨과 붐빔을 거
부하고 느리고 소박한 삶을 선택하는 태도를 가리킨다. 성
과나 연봉보다는 삶을 천천히 여유롭게 즐기는 라이프 스타
일을 중시하는 요즘 세태를 개탄하는 사람들의 표정에는 묘

한 양가감정이 서려 있다. 안정된 직장보다는 한 번뿐인 인생을 즐길 줄 아는 젊은이들에 대한 부러움과 질투, 그리고 일을 목숨만큼이나 소중히 여기는 자기 삶에 대한 자부심과 우월감도 함께 담긴 것이다.

나는 양쪽 다 불가능한 천성을 타고났다. 욜로족도 될 수 없고, 일에 목숨 거는 워커홀릭도 될 수 없다. 나는 욜로나 휘게가 다분히 상업적인 유행어임을 알고 있지만, 그럼에도 이 두 단어에는 현대인의 중요한 삶의 가치가 서려 있다고 믿는다. 바로 행복에 대한 우리 사회의 기준을 바꾸고 있다는 점이다. 성과와 연봉, 경제적 안정과 사회적 성공보다는 '내가 선택하고 만들어가는 삶'을 중시하는 가치관이 고개를 들기 시작한 것이다. 효율과 경쟁에 지쳐버린 사람들이 '남들이 생각하는 성공'이 아니라 '내가 느끼는 행복'의 가치를 찾아 떠나는 것, 나는 그것이 욜로와 휘게에 담긴 진정한 의미라고 믿는다. 요란한 세계 일주를 떠나지 않아도 좋다. 휘게 라이프를 실천한다며 북유럽풍 인테리어로 방을 어여쁘게 꾸미지 않아도 좋다. '타인이 중요하다고 생각하는 행복'이 아니라 '내가 판단하고 창조하는, 나만의 소소한 행복'을 누릴 줄만 알면 된다.

그래도 내겐 욜로나 휘게라는 단어가 워낙 낯설어 한참
방황했다. 욜로나 휘게가 아닌, 우리말로 이 느낌을 표현할
방법은 없을까. 이런 생각에 빠져 지하철을 기다리고 있는
데, 스크린도어에서 아름다운 글 한 편을 만났다. 정약용의
「담박함을 즐기다」였다. "담박함을 즐길 뿐 아무 일도 없지
만 / 타향에서 산다 해도 외로운 것만은 아니네 / 손님 오면
꽃그늘에서 시집을 함께 읽고 / 스님 떠난 평상가에서 떨어
진 염주를 발견하네 (…) 우연히 다리 위에서 이웃 사는 영감
만나 / 배 하나 띄워놓고 취하도록 마시자 약속했네." 바로
내가 찾던 그 느낌이었다. 무슨 일이 있어서 행복한 것이 아
니라 아무 일도 없는데 그저 행복에 겨운 것. 행복한 일이 일
어나서가 아니라 내 마음에 이미 세상 무엇과도 바꿀 수 없
는 평온함이 깃들어 있는 상태. 이것이 욜로나 휘게보다 더
높은 경지의 열락悅樂 아닐까.

정약용 시의 제목 '담박淡泊', 그것이 우리 조상의 휘게 라
이프 아닐까. 맑을 담淡, 즉 짙거나 빽빽한 것이 아니라 싱겁
거나 묽거나 옅은 것. 거기에서 진정한 행복의 가치를 찾는
것. 그것이야말로 스마트폰에 길들어버린 현대인이 잃어버
린 행복 유전자가 아닐까. 스마트폰은 우리의 두뇌를 '담박'

과는 거리가 멀게 만든다. 끊임없이 새로운 자극을 갈구하
도록 정보의 밀도를 높여가는 것이다. 더욱 담박하게, 더욱
소소하고 내밀하게, 우리가 이미 마음 깊숙한 곳에 각자 지
니고 있는 행복의 가능성을 발견하는 오늘이 되었으면. 담
박함에서도 행복을 찾는 것, 그것은 스마트폰처럼 자극적인
미디어 없이도, 세계 일주처럼 대단한 이벤트 없이도, 세상
무엇에도 얽매이지 않는 탁 트인 마음가짐일 터이니.

더욱 담박하게,
더욱 소소하고 내밀하게,
우리가 이미 마음 깊숙한 곳에
각자 지니고 있는
행복의 가능성을 발견하는
오늘이 되었으면.

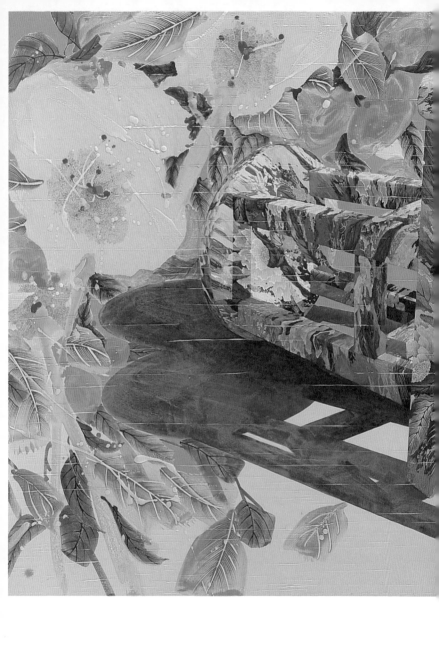

정여울
인터뷰 02

쓰다,
읽다,
받아들이다

**지난 작품 속에서 예전에 보지 못한 부분이
눈에 띄었어요. '글 쓰는 자유를 얻기 위해
치열하게 투쟁해왔구나', '굉장히 상처가 많았구나'
라는 것이었습니다. 구직 활동을 포기하고 아르바이트
하면서 글쓰기에 매진해 작가가 되어야겠다는
결심에서는 절실함까지 느껴졌고요. 정말 많이
두려웠을 것 같아요. 마음에 어떤 불꽃이
일어서였을까요, 재능이 먼저였을까요?**

재능에 대한 확신은 지금도 없어요. 가끔가끔 이상하다,
오늘은 글이 잘 써지네, 그런 순간이 있을 뿐이죠. 칭찬받는
건 항상 뭔가 불안하고요. 대신에 글쓰기는 멈추지 않고 살
아낼 용기를 주는 행위였어요. 음악 감상과 연주, 사람을 만

나고 책 읽는 것, 영화나 여행도 좋지만, 제가 좋아하는 모든 것 중에서 이걸 안 하면 내가 아닌 것 같다는 생각이 드는 건 글쓰기였어요. 내가 간절히 원하는 모든 것들은 모두 글쓰기의 달빛 아래 있었던 셈이죠.

오늘 아침에도 졸린 눈을 비비면서 힘든 상태에서 글을 썼어요. 상처를 표현한다는 건 어렵고 부끄럽고 정말 숨고 싶은 일인데요. 내 상처를 글에 잘 녹여낸 날은 아무리 힘들어도 막 숨통이 트이는 느낌, 제 자신을 해방시키는 느낌이 들어요. 제 안에 여러 감방이 있는데, 그곳에 갇힌 내면아이가 참 많더라고요. 다섯 살 내면아이, 열한 살 내면아이, 이모든 내면아이를 비밀번호를 모두 달리해 억압해둔 거죠. 가둔 줄도 몰랐는데, 심리학을 공부하면서 알게 됐어요. 요즘 그 아이들을 조금씩 구해주고 있어요. 다행인 건 이제 제가 그 문을 열 수 있는 사람이 된 거예요. 좀 더 용감해지고 여유가 생긴 거겠죠. 과거에 힘들었던 나 자신을 불러내 위로해주고 안아줄 마음의 온도가 높아진 것 같아요.

솔직하게 글을 씀으로써 해방감도 느끼고,

자기를 발견하고 다독여주기도 하는 거네요.

글쓰기로 표현하다 보면 궁금하지도 않았던 것들이 튀어
나올 때가 있어요. 쓰다가 제가 울 때도 있고요. 어디가 아픈
지조차 몰랐는데 진단이 되는 거예요. 그러면서 스스로를
치유하는 느낌을 받게 됐어요. 의사를 찾아가거나 약물에
의존하지 않고도 저를 치유할 힘을 글쓰기에서 발견해요.
굉장히 자존심이 강해서 남에게 자기 얘기를 못 하는 사람
들의 특징이에요. 나를 제대로 표현하기 어려워하는 사람들
이 자신을 어느 정도 통제하면서도 자유롭게 하는, 굉장히
미묘한 내면의 줄다리기가 글쓰기인 것 같아요. 안 하면 살
수 없다는 걸 깨달은 건데, 언제인지는 모르겠어요. 어릴 때
도 글을 쓰면서 상처를 치유한 적이 있어요. 일기랑 편지를
많이 쓰면서 저를 구원한 듯해요. 나이가 들고 방향성을 정
해 쓰면서부터는 더 적극적인 자기 치유가 되었고요.

저는 사실 선생님이 언급한 책들을 궁금해하고
찾아보면서 공부해온 것 같아요. 어떤 책을 볼 때
'선생님은 이 책을 어떻게 읽을까', 나아가서는

'이 책은 선생님도 좋아할 거야!' 하면서 혼자
기뻐할 때도 있었고요.(웃음) 제게는 마치 참고문헌
같았어요. 선생님에게 공부란 무엇인지요, 또
스스로 찾아가는 공부를 하려면 어떻게 해야 할까요?

어떤 책을 읽으면 그다음에 무슨 책을 읽어야 할지 보여
요. 막연하게 신간이 뭐가 나왔는지 보다 마음에 드는 책을
찾기도 하고, 제가 서평과 추천사를 쓰다 보니까 고맙게도
많이 보내주세요. 서점이나 도서관에서 제목을 보고 발견할
때도 있고요. 무수한 세렌디피티가 얽혀 법칙으로 설명하기
엔 어려운데요. 굳이 하나로 묶는다면 저의 노마드 근성인
것 같아요. 한곳에 가만히 있지 못하는, 정착하지 못하는 마
음이 계속 다른 책을 찾아 읽게 만들어요.

그런데 주의할 점이 있어요. 노마드처럼 찾지만 정착도
잘해야 해요. 완전히 집중하려고 노력해야 해요. 저절로 빠
져드는 흡입력 높은 책도 있지만 애를 써 집중해야만 메시
지를 알아듣는 책도 있거든요. 요새는 너무 쉽고 재밌는 것
만 찾다 보니 그렇지 않으면 밀쳐버리는 경향이 있는데, 멋
진 책에 정착할 기회를 놓치는 거예요. 라캉 같은 경우는 몇

번을 포기했는지 몰라요. 어떤 구절은 살짝 알 것도 같은데 그러면 간신히 이해한 걸 글로 써보고, 쓰는 과정에서 더 깨달아요. 강의도 하면서 타인과 내 읽기 체험을 공유할 때 공부가 돼요.

머리로 들어오는 건 정보나 지식인데 가슴으로 들어오는 건 감동이거든요. 감동하면 지식에서 지혜로 바뀌는 것 같아요. 삶에서 실천할 수 있게 되고요. 그러려면 누군가와 공유해야 해요. 혼자만 감동받고 눈물 흘려서는 안 되고, 함께 이해하고 공감할 때 공부하는 게 훨씬 더 좋아져요. 무슨 책을 읽을 것인가도 중요하지만, 더 중요한 건 어떻게 읽을 것인가 그리고 그걸 통해 무엇을 할 것인가예요.

그렇다면 책을 고를 때 나름의 기준이 있나요?

우리에겐 자신에게 맞는 책을 찾아내는 본능적인 감식안이 있어요. 어떤 분들은 책을 살 때 내용이 별로일까 걱정하더라고요. 그러면 재밌는 독서를 하지 못해요. 위험을 무릅써야 해요. 특히 고전은 이미 많은 사람이 검증했으니까 실패할 염려가 별로 없고요. 그런데 잘 모르는 살아 있는 저자의 책을 살 때는 이 연구에 평생을 바쳤는지를 봐요. 한 1, 2년만 썼는지 최소한 10년 이상 몰두했는지를 보죠. 얼마큼의 시간과 노력을 들였을까, 자기의 모든 것을 쏟았을까. 예를 들어 트라우마 하나를 연구하기 위해 오랜 기간을 보냈구나, 알 수 있는 책은 도움이 될 수밖에 없어요. 더 많이 노력한 책은 좋을 수밖에 없거든요. 제 경우에는 이런 기획을 할 수 있겠구나, 이런 표지가 좋구나, 영감을 얻기도 하죠. 사랑할 때는 그 어떤 노력도 아끼지 않듯이, 책을 고르고 사고 실패하는 데 드는 시간과 노력을 아까워하지 마세요. 자기를 믿어야 해요. 나의 간절함과 저자의 간절함이 만났을 때, 행복한 독서가 시작되지요.

책을 통해서든 직접 만나서든 항상
선생님 특유의 감수성을 느껴요.
하루하루 어떻게 감수성을 키울 수 있을까요?

표현보다 수용하는 시간을 많이 가져보세요. 저는 '받아들임'이라는 단어를 참 좋아하는데 결코 수동적인 게 아니

에요. 영화 「쇼생크 탈출」 봤죠? 정말 상상할 수 없는 통로
로 감옥을 탈출해, 비가 억수같이 내리는데 막 생명수인 듯
이 맞는 장면이요. 다른 사람에겐 귀찮은 비인데 그에겐 기
적이고 생명의 물이죠. 전 그런 받아들임을 원해요.

　저는 음악도 불을 끄고 완전히 집중해 맹렬하게 들어요.
책도 정말 씹어 먹을 듯이 자세히 읽죠. 처음부터 천천히 정
밀하게요. 소리 내어 읽으면 더 좋고요. 어떤 목소리로 읽어
야 어울릴까, 작가는 무슨 마음이었을까, 상상하면서 다양
한 감각을 실험해보게 돼요. 작가에게 좀 더 가까이 다가가
게 되죠. 미술관에서도 똑같아요. 엄청난 명작이 없더라도
모든 미술관엔 스토리텔링이 있잖아요. 그림과 공간이 전하
고자 하는 이야기가 무엇인지를 들으려 할 때 감수성의 촉
수가 막 살아나죠. 회색으로 물들었던, 무채색이었던 삶이
갑자기 컬러 화면으로 바뀌면서 굉장히 풍요로워지고 알록
달록해져요.

　나아가 내 삶의 틀을 조금이나마 벗어나 달라지려 적극적
으로 노력하는 것 역시 받아들임이라고 생각해요. 들뢰즈가
말한 '되기'이기도 한 것 같고요. 정말 다른 존재가 되기, 상

상할 수 없는 무언가가 되기, 그게 받아들임인 것 같아요.

받아들임이라 하니, 영화관이나 음악회에서도 계속
메모한다고 들었는데요. 뭘 쓰세요? 내용을
따라간다든지, 어떤 한 장면을 길게 서술한다든지?

느낌을 메모해요. 정말 단순하게 '슬퍼서 미칠 것 같다'처
럼 유치한 감정도 쓰고, '막 웃겨서 의자에서 떨어질 뻔했다'
이런 것도요.(웃음) 나중에 똑같은 단어로 쓸 수는 없지만 감
정을 기록하는 거죠. 지루할 땐 지루하다고도 써요. 다만 '그
감정이 왜 지루하지?'를 곱씹어보면 사유의 재료가 돼요.

판단과 사유는 달라요. 판단은 이분법적으로 보는 거죠.
저 사람이 나에게 해일까 득일까. 사유는 쓸모와 판단을 넘
어서 있어요. 감정적으로는 너무나 싫은데 배울 게 있다고
느낄 수 있죠. 인간은 왜 저런 행동을 할까, 나는 왜 저 사람
을 필요 이상으로 미워하지, 나의 콤플렉스를 건드리는 존
재라서가 아닐까. 그 사람을 가지고 문장을 끝내는 것이 아
니라 그 사람으로 문장을 시작해 계속 뭔가를 서술해봐요.

판단은 이야기를 끝내는 것이지만 사유는 이야기를 시작하는 것이에요.

인간은 사유를 힘들어하기에 판단하려 드는 것 같아요. 융도 그런 이야기를 해요, 판단과 사유는 다르다고. 계속 사유를 멈추지 않고, 지금 당장 쓸모없어 보이고 바로 시도할 수 없더라도 생각해보세요. '좋다, 나쁘다', '괜찮다, 싫다'라는 판단을 넘어서, '내가 이 책을 가지고 무엇을 할 것인가?'라는 실천적 사유를 할 수 있을 때 책은 우리에게 더 커다란 울림으로 다가오지요.

갈꽃
한 아름
안고,
저 멀리서
네가
올 때

감동적인 문학 작품 속의 아름다운 언어는 영원히 늙지
않는다. 어쩌면 시간이 갈수록 더욱 푸르른 젊음을 유지하
는 듯싶다. 독자는 나이 들어가지만, 작품 속의 주인공은 영
원히 젊으니까. 얼마 전 황순원의 「소나기」, 「별」, 「학」 등을
다시 읽으며 새삼 전율을 느꼈다. 어린 시절에 읽은 것보다
몇 배나 짙은 감동이 일었고, '그때는 보이지 않았으나 지금
은 보이는 것들'에 마음을 빼앗겼다. 「소나기」의 소녀가 소
년이 따다 준 노란 마타리꽃을 양산 받듯이 머리 위에 써 보
이자, 소년은 신이 났다. 소년이 소녀의 "약간 상기된 얼굴에
살풋한 보조개"를 떠올리며 마타리꽃을 한 움큼 더 따 오는
장면은 얼마나 흐뭇한지.

소년은 소녀에게 예쁜 것만 듬뿍 주고 싶은 마음에, 조금

시들시들한 마타리꽃은 버리고 싱싱한 꽃가지만 골라 소녀에게 건네준다. 그때 소녀가 던지는 말이 명대사다. "하나두 버리지 말어." 이 순간 나는 소녀에게 다시금 홀딱 반했다. 사려 깊은 이 소녀에게는 시든 마타리꽃과 싱싱한 마타리꽃의 구별이 중요하지 않았던 것이다. 이 세상에 너무도 짧게 머물다 간 이 작은 소녀에게 소년과 함께한 시간은 '하나도 버릴 것 없는 시간'으로 남지 않았을까. 소녀는 소년과 함께한 모든 자잘한 순간을 머릿속에 하나도 빠짐없이 기억하고 있지 않을까.

중학교 시절 「소나기」를 배웠던 그때도 미친 듯이 설레었지만, 지금은 더 가슴 아리게 다가오는 문장들도 있었다. 소녀가 갈꽃을 한 아름 안고, 단발머리를 나풀거리며 갈밭으로 달리는 장면. 갈대밭이 워낙 무성해 소녀가 얼마 동안 보이지 않다가, 한참 후 다시 나타나는 장면이다. 소년의 가슴속에서는 소녀가 잠시 보였다가 이제는 보이지 않는 이 짧은 시간이 영원처럼 길고 지루하게 느껴졌으리라. 막막한 기다림의 시간이 끝나고, 드디어 소녀가 나타났다. "저쪽 갈밭머리에 갈꽃이 한 옴큼 움직였다. 소녀가 갈꽃을 안고 있었다. 그리고 이제는 천천한 걸음이었다. 유난히 맑은 가을

햇살이 소녀의 갈꽃머리에서 반짝거렸다. 소녀 아닌 갈꽃이
들길을 걸어가는 것만 같았다."

소년은 이 갈꽃이 아주 보이지 않게 될 때까지, 그 자리에
못 박힌 듯 가만히 서 있다. 달려가서 말을 걸지 못하고, 먼
발치서 하염없이 누군가를 바라보는 자의 막막한 고통을,
소년은 너무 일찍 알아버린 것이 아닌지. 하지만 사랑에 빠
지는 순간의 아픔이란 바로 이런 것이 아닐까. 그 사람을 아
주 멀리서 바라볼 수만 있어도, 그저 좋은 나 자신을 발견하
는 것. 가까이 가서 명랑하게 말 걸지 못하고, 먼발치서 아련
하게 그저 바라만 보며 그 사람과 나 사이의 그토록 아득한
거리감을 가만히 곱씹는 것.

이렇게 서로 아득히 멀었던 서울 소녀와 시골 소년을 불
현듯 가깝게 만들어준 것은 바로 여름날 갑자기 닥친 소나
기였다. 비를 긋기 위해 원두막으로 들어가고, 원두막이 새
기 시작하자 어둡고 비좁은 수숫단 속으로 들어간 두 사람
은 나란히 포개 앉아 서로의 온기를 나누며 차가운 소나기
를 피한다. 그날 분홍색 스웨터에 남색 스커트를 입었던 소
녀는 자기 옷에 검붉은 진흙물이 들어 지워지지 않는다면서

어디서 이 물이 들었는지 기억을 더듬는다. "내, 생각해냈다. 그날 도랑을 건널 때 네게 업힌 일이 있지? 그때 네 등에서 옮은 물이다." 소년은 얼굴이 확 달아오른다. 가세가 기울어 어쩔 수 없이 이사를 가야 하는 소녀에게, 이사 가기 전 한번 개울가로 나와달라는 말을 꺼내지 못한 자신을 한없이 자책하는 소년에게 청천벽력 같은 소식이 들려온다. 윤초시 댁에 다녀온 아버지의 넋두리를 듣고 만 것이다. "글쎄 말이지. 이번 앤 꽤 여러 날 앓는 걸 약두 변변히 못 써봤다더군. 지금 같애서는 윤초시네두 대가 끊긴 셈이지. ……그런데 참 이번 기집애는 어린것이 여간 잔망스럽지가 않어. 글쎄 죽기 전에 이런 말을 했다지 않어? 자기가 죽거든 자기 입던 옷을 꼭 그대루 입혀서 묻어달라구……."

　"어린것이 여간 잔망스럽지가 않어"라는 대사가 없었다면, 「소나기」의 마지막 장면은 무척 허전해지지 않았을까. 과연 이 문장이 없었다면, 「소나기」의 피날레가 이토록 기나긴 여운을 남길 수 있었을까 싶다. '잔망스럽다'라는 것은 사전적 정의처럼 그저 얄밉도록 맹랑한 데가 있다는 뜻에 멈추지 않고, 몹시 연약하고 가냘프게 보이지만 뜻밖의 강인함을 품어 안은 소녀의 평소 성품을 너무도 강렬하게 축

약시킨 절묘한 형용사다.

　누군가를 그토록 일찍 마음에 두고 남몰래 간직한 소년, 누군가를 그토록 창졸간에 잃어버린 자의 고통을 너무 일찍 깨달은 소년. 소녀가 떠난 세상에 혼자 남은 소년의 슬픔을 가슴 한구석에 간직한 채, 우리는 어른이 되어버렸다. 우리는 가끔 너무도 많은 것을 잊고, 버리고, 떠나온 것이 아닐까. 알고 보면 하나도 버릴 것 없는 이 아름다운 세상에서, 돌이켜보면 어느 하나 버릴 것 없는 이 눈부신 첫사랑의 기억으로부터 너무 멀리 도망쳐 온 것은 아닐까.

사랑하는
이여,
나를 두고
먼저
떠난다면

모든 시계를 멈추고, 전화선을 끊어라,

개에게 기름진 뼈다귀를 던져주어 짖지 못하게 하라,

피아노들을 침묵하게 하고 천을 두른 북을 두드려

관이 들어오게 하라, 조문객들을 들여보내라.

비행기가 슬픈 소리를 내며 하늘을 돌게 하고,

'그는 죽었다'는 메시지를 하늘에 휘갈기게 하라.

거리의 비둘기들의 하얀 목에 검은 천을 두르고,

교통경찰관들에게 검은 면장갑을 끼게 하라.

그는 나의 북쪽이고, 나의 남쪽이며, 동쪽이고 서쪽이었다,

나의 일하는 평일이었고 일요일의 휴식이었다,

나의 정오, 나의 자정, 나의 대화, 나의 노래였다;

사랑이 영원한 줄 알았는데, 내가 틀렸다.

별들은 이제 필요 없으니; 모두 다 꺼져버려.
달을 싸버리고 해를 철거해라,
바닷물을 쏟아버리고 숲을 쓸어 엎어라;
이제는 아무것도 소용이 없으니까.

— W. H. 오든, 최영미 옮김, 「장례식 블루스Funeral Blues」,
  『시를 읽는 오후』, 해냄, 2017, 157~158쪽.

영화를 보다가 문득 아름다운 시를 만날 때가 있다. 주인
공이 외는 시 한 구절이 아름다울 때도 있지만, 때로는 시 한
편 전체를 읊어 감동을 줄 때도 있다. 영화 「네 번의 결혼식
과 한 번의 장례식」에서 오든의 시가 울려 퍼졌을 때 나는
나도 모르게 눈시울이 뜨거워지며 가슴이 먹먹해졌다. 사랑
하는 사람이 죽었을 때, 우리 모두의 마음은 그렇지 않을까.
시계가 멈추었으면 좋겠고, 전화도 받을 수 없으며, 사랑스
러운 개들도 짖지 말기를, 아무리 아름다운 피아노 소리도
차라리 멈추기를 바라게 되지 않을까. 왜냐하면 그는 나의

북쪽이고 남쪽이며, 동쪽이기도 서쪽이기도 하니까. 사방팔
방 모든 방향을 돌아봐도 온통 그였으니까. 그런데 그 사람
이 이제 내게 없다면, 우리는 모든 것을 멈추고 싶지 않을까.
그는 나의 일하는 평일이기도 일요일의 휴식이기도 했으니
까. 그 어느 시간도 함께하지 않으면 무의미했으니까.

　사랑에 빠지면 온 세상에 그의 목소리가 가득한 듯하고,
그가 아닌 것, 그와 닮지 않은 것들도 모두 그의 흔적이자 일
부처럼 보이기도 한다. 나의 정오이고 나의 자정인 그 사람,
나의 모든 대화이자 나의 노래이기도 한 그 사람을 향해 우
리는 '유한한 존재'이지만 '무한한 기대'를 건다. 이 사랑이
부디 영원하기를. 나는 유한하지만 이 사랑은 무한하기를.
그러나 그가 아무런 예고도 작별 인사도 없이 이 세상을 떠
나버린다면, 그 무한한 기대는 어디로 갈까. 나의 모든 시간
이자 공간인 그가 떠난다면.

　"사랑이 영원한 줄 알았는데, 내가 틀렸다"라는 문장을 읽
고 있으면 가슴이 무너져 내린다. 사랑이 영원한 줄 알았다
는 마음도, 내가 틀렸다는 마음도, 모두 피할 수 없는 진실임
을 알기에. 우리의 현실이 우리의 소망을 배반하는 순간, 결

국 진짜 삶의 뼈아픈 진실과 마주하게 되니까. "별들은 이제 필요 없으니; 모두 다 꺼져버려"라고 절규하는 시인의 아픔을 아니까. 달을 가리고 해를 치우라고 외치는 시인의 목소리가 가슴을 할퀸다. 그토록 눈부신 푸르름을 간직했던 바닷물조차 다 쏟아버리고, 우리에게 끝없는 안식을 주었던 숲조차 쓸어 엎으라 소리치는 시인의 마음을 알 것 같다. 그것은 사랑을 잃었을 때 우리 자신의 마음이니까. 그 모든 삶의 기쁨이 오직 당신과 함께해야만 가능한 눈부신 기적이었음을, 이제야 깨달았으니까.

이 사랑이
부디 영원하기를.
나는 유한하지만
이 사랑은 무한하기를.
그러나 그가 아무런 예고도
작별 인사도 없이
이 세상을 떠나버린다면,
그 무한한 기대는 어디로 갈까.

'어쩌면'과
'역시나'의
차이

글을 잘 쓰려면 접속어나 부사의 사용을 줄여야 한다는 강의를 들은 적이 있다. '그래서, 그러나' 등의 접속어를 남발하면 독자에게 '이렇게 생각해야 한다'는 의무감을 심어주고 사고의 자유로움을 제한한다는 것이다. '그래서'는 앞의 내용과 뒤의 내용을 원인과 결과의 관계로 묶어버리고, '그러나'는 앞의 내용을 부정하며 뒤의 내용만을 강조하게 되니 말이다.

하지만 어떤 접속어는 '사유의 힘'을 불어넣기도 한다. '그럼에도 불구하고'는 그 모든 환경적 제약을 극복하고 자신의 의지를 관철하는 용기 있는 사유를 촉발한다. 그럼에도 불구하고 나는 나의 길을 가고 싶다는 의지, 그럼에도 내 노력을 포기하지 않겠다는 강한 믿음을 표현할 수 있으니. 물

론 의미를 제한하는 접속어도 있지만, 의미를 확장하고 읽
는 이의 자유와 힘 있는 실천을 촉발하는 접속어도 있다.

   사고를 제한하지 않고 무한히 확장하게 만드는 단어 중에
'어쩌면'이 있다. 고병권의 『다이너마이트 니체』를 읽다가
니체야말로 '어쩌면'의 철학자라는 사실을 깨달았다. '어쩌
면'이야말로 미래에 도래할 위대한 철학자에게 가장 잘 어
울리는 부사다. '어쩌면'은 온갖 위험을 기꺼이 감수하는 모
험에 몸을 던질 줄 아는 자의 부사다. 세계를 의심하며 해석
만 하는 것이 아니라 세계를 믿고 바꿀 용기가 있는 사람의
부사다. '어쩌면 세상을 변화시키는 것이 가능할지도 몰라'
라는 희망을 고취시키는 철학자, 상황이 아무리 나쁠지라도
혹시나 우리가 있는 힘을 다해 부딪치면 달라질지 모르는
세상을 향한 믿음을 불러일으키는 철학자야말로 미래의 철
학자가 아닐까. '역시나, 짐작하던 그대로 절망적이군!'이라
고 생각하는 것이 아니라, '어쩌면 우리가 삶을 걸고 도전한
다면 새로워질지도 모르는 세상'을 긍정하는 자야말로 세상
을 바꾸는 우둔한 순수성을 지닌 사람들이 아니었던가.

   나는 '어쩌면'이라는 단어를 활용해 마음속에서 수많은

짧은 글짓기를 해보았다. 그 과정에서 '어쩌면'의 힘을 알아
차렸다. '어쩌면'에는 주술적 희망의 향기가 묻어 있는 것이
다. 내 안에는 예컨대 이런 희망의 언어가 숨어 있었다. 어쩌
면 나에게 이 아픔을 이겨낼 힘이 있을지 몰라. 어쩌면 그리
운 그 사람을 다시 만날 수 있을지 몰라. 그러니 만날 수 있
다는 희망을 포기하지 말자.

　'어쩌면'은 '역시나'처럼 판단적이고 규정적이지 않기에
열린 사유를 촉발한다. '어쩌면'의 사유는 '저 사람은 나에게
해를 끼치는 사람이야, 저 사람은 나를 아껴주는 사람이야'
라는 식으로 적과 아의 이분법을 구사하지 않는다. 나는 불
쾌감을 불러일으키는 만남에서조차 '어쩌면'을 대입해보았
다. '어쩌면'을 집어넣어 보니, 누군가를 미워하거나 불편해
하는 마음이 누그러든다. 어쩌면 저 사람은 내 인내심의 한
계를 시험하기 위해 나에게 불시착한 메신저일지 몰라. 어
쩌면 저 사람은 내 사랑과 우정의 최대치를 가늠하기 위해
나에게 던져진 숙제일지 몰라. 어쩌면 저 사람은 나에게는
불친절하지만 다른 곳에서는 매우 다정하고 따뜻한 사람일
지 몰라. 이런 식으로 상상하다 보면, 그 사람을 향한 편견과
예단이 줄어들게 된다.

이렇게 '어쩌면'의 사유는 '역시나'의 사유와 정반대 방향으로 우리를 이끈다. 역시나 그럴 줄 알았어, 역시나 나는 어쩔 수 없어, 역시나 그는 나를 또 실망시키는군. '역시나'는 사고의 자유로움을 제한한다. '역시나'는 언제든 실망할 준비, 기대를 좌절시킬 준비가 되어 있는 부사다. '역시나'는 예외나 예측 불가능성을 싫어한다.

'어쩌면'의 사유는 판단을 유보하고 되도록 다양한 가능성을 열어두는 것이다. '어쩌면'의 사유는 자기 징벌의 힘을 약화시키고, 자신의 무한한 가능성을 탐색하도록 이끈다. '어쩌면 나에게는 나도 모르는 눈부신 재능이 있을지 몰라', 이런 식으로 말이다. '어쩌면'을 통해 나는 심각한 자기규정과 자기비판도 되도록 자제하게 되었다. 나를 판단하고 단죄하지 않으려 한다. 어쩌면 내가 소중히 여기고 보듬어줄 기회를 놓쳐버린 수많은 인연의 그물코를 다시금 꿰매고 이어 붙일 가능성이 남아 있을지 모르니까. 어쩌면 글쓰기와 글 읽기라는 매개체를 통해 만난 당신과 나는 직접 마주하지 않아도 오히려 더 깊이 사귀어온 듯한 다정한 친구가 될 수 있을지 모르니까. 어쩌면, 어쩌면 우리에게는 미워하고 비난할 시간보다 사랑하고 공감할 시간이 더욱 절실할 수도

있으니까. 어쩌면 내 마음 깊은 곳엔 더 많은 사람을 아끼고
보살필 수 있는, 깊이도 넓이도 측량할 수 없는 무한한 사랑
이 숨어 있을지도 모르니까.

모험,
나를
바꾸는 것이
아무리
사소할지라도

늘 새롭게 도전하고 모험하는 삶이 아름답다고들 하지만 말만큼 쉬운 일이 아니다. '모험'이라는 단어에 묻은 위험과 공포를 이겨내는 것은 엄청난 에너지를 요구하기 때문이다. 게다가 모험조차 상품화된 세상에서는 가짜 도전, 유사 체험, 가상의 모험이 판을 치기도 한다. '짜릿한 모험의 즐거움'을 강조하며 각종 새로운 체험으로 소비자를 유혹하는 광고들 속에서 사람들은 '모험의 진정한 의미'보다는 모험의 말초적 쾌락을 상상하는 데 익숙해져 간다. 게임 광고가 대표적이다. 흥미로운 '오락'으로서 게임은 어느 정도 우리를 행복하게 해줄 수 있지만, 게임 자체가 엄청난 도전이거나 삶을 바꾸는 진지한 모험이 될 수는 없다. 물론 전문 게이머에게는 얼마든지 도전과 모험일 수 있지만, 다른 꿈을 꾸는 이에게는 게임이 그 자체로 도전의 목표가 되기는 어렵다. 사람들은 그것을 알면서도 게임의 스토리 안에 담긴 '모험'과 '도전'의 자극에 매료된다. 레벨이 올라갈 때마다 도전의 성취감을 느끼고, 새로운 미션이 주어질 때마다 모험의 쾌락을 느낀다. 멀티미디어 산업이 발전할수록 우리는 이렇게 '유사 도전', '가상 모험'에 매혹될 가능성이 높아진다. 어떻게 하면 삶을 바꾸는 진정한 모험을 시작할 수 있을까.

우리가 진정한 모험을 시작하기 어려운 이유 중 하나는 모험을 너무 거창하고 어렵게만 생각하기 때문이다. 모험冒險이라는 단어에는 '위험을 무릅쓰다'라는 뜻이 들어 있다. 위험을 감수하고 아프리카 오지 탐험을 하고, 온갖 두려움을 무릅쓰고 새로운 사업을 시작하는 것이 전형적인 모험의 이미지다. 하지만 우리의 삶 속에는 이렇게 거창한 모험만 필요한 것이 아니다. 모두가 그런 커다란 모험을 진정으로 원하는 것도 아니다. 오히려 삶을 바꾸는 모험은 아주 작은 도전 속에도 수없이 존재한다. 운동을 지독히도 싫어하는 사람이 하루에 만 보씩 걷는다든지, 관계가 서먹서먹해진 가족에게 매일 전화를 한다든지, 거절당할 위험을 무릅쓰고 사랑을 고백하는 것. 이런 것이야말로 우리 모두가 언젠가는 맞닥뜨려야 할 삶의 모험이다. 다른 사람들이 '중요하다'고 말하는 것, 대세나 유행이 '멋지다'고 말하는 것이 아니라, '내가 꼭 하고 싶지만 두려움 때문에 미루고 또 미뤄온 것'이야말로 진짜 모험이다. 스스로에게 가장 맞는 모험을 기획하고 창조할 사람은 오직 자기 자신뿐이다.

나는 몇 번의 도전과 실패 끝에 '이건 내 길이 아니로구나' 깨달은 적이 있다. 작가로서 살아가기가 너무 불안하고 힘들어서 좀 더 안정된 길을 찾고 싶었다. 취직을 위해 몇 번 지원을 했는데, 그때마다 보기 좋게 떨어졌다. 서류상으로는 나에게 커다란 결점이 있는 것 같지 않았는데, 이상하게도 면접에서 처참하게 고배를 마셨다. 그런데 면접에서 하나같이 받는 질문이 바로 이 내용이었다. "이미 작가로 활동하고 있는데, 왜 굳이 취직을 하려고 하지요?" "책도 많이 냈는데, 직장을 가지면 기존 일은 어떻게 할 건가요?" 나는 나름대로 '열심히 일을 하겠다'는 의지를 보였지만, 면접관의 눈에도 내 눈빛이 흔들리는 것이 비쳤나 보다. 그들의 눈에는 내가 '작가'로 보였지 '직장에 충실할 사람'으로 보이지 않았던 것이다. 나는 '도전에 실패했다'는 생각 때문에, '안정된 길을 가긴 틀렸다'는 생각 때문에 오랫동안 괴로웠지만 몇 년이 지나 생각해보니 '작가의 길을 포기하고 직장인의 길을 걸어가겠다'는 생각 자체가 방향이 틀린 모험이었음을 알았다. 진심이 아니었던 것이다. 나는 계속 글을 쓰기 위한 최소한의 경제적 안정이 필요했던 것이지 직장이나 조직 생활을 원하는 것은 아니었다. 구직 활동 자체가 '글을 계속 쓰기 위한 몸부림'이었음을 알게 되자, 신기하게도 마음속 폭풍이 가라앉았다. 마음 깊이 바라는 것이 무엇인지 확실히 알아차렸기 때문이다.

나는 내 마음을 눈부신 열정으로 꽉 채우는 글, 그 마음이 흘러 넘쳐 다른 사람들에게도 자연스럽게 빛과 온기가 전해지는 글을 쓰며 살아가고 싶었다. 나는 '직장을 가진다'는 새로운 모험에는 실패했지만, 그로 인해 내가 원하는 것을 가슴 아프게 알았다. 그때부터 '더 좋은 글을, 더 깊은 집중력으로 쓰기'라는 진짜 모험의 여정을 시작했다. 그때부터 나는 '문학평론가'가 아닌 '작가'가 되고 싶다는 생각을 본격적으로 하게 되었다. 다른 사람의 글을 읽고 그에 대한 비평을 하는 것이 아니라, 더 나다운 글, 더 진정한 나 자신에 가까운 글을 쓰고 싶다는 열망을 품었다. 그리고 그 길은 예전보다 더 소중하고 간절하며, '진짜 나 자신이 되는 내면의 길'임을 깨달았다.

때로는 자신의 직업과 직접적인 상관이 없어도, 꼭 해내고 싶은 '내면의 부름'이 들려올 때가 있다. 나에게는 첼로 연주가 그랬다. 첼로는 커다란 도전이자 모험이었다. 어린 시절부터 동경했지만, 심장을 고동치게 하는 따스한 첼로 소리가 정말 좋았지만, '내가 직접 연주하고 싶다'는 열망은 요원하기만 했다. 그런데 수많은 우여곡절 끝에 박사 논문을 다 쓰고 나자 그제야 나에게는 또 다른 꿈이 있음을 인정하게 되었다. 바로 음악과 함께하는 삶이었다. 음악을 감상만 해도 행복하지만, 직접 연주하는 기쁨은 무엇과도 바꿀 수 없는 눈부신 희열이었다. 어린 시절 피아노를 통해 그 기쁨을 배웠지만, 이제는 또 다른 악기에 도전하고 싶어졌다. 더 이상 미루기만 하면 나중에는 정말 '시도'나 '도전' 자체도 할 수 없는 지경이 될지 몰랐다. 서른이 넘어 뭔가 새로운 것에 도전하기란 쉽지 않았지만, 게다가 늘 강연과 글쓰기 일정으로 시간에 쫓기는 신세였지만, 그래도 첼로를 배우고 싶었다. 일주일에 한 번뿐이었지만, 첼로 교습은 내 인생을 바꾸었다. 첼로를 연주하여 돈을 벌 생각은 전혀 없지만, 또한 엄청난 음악적 재능을 지닌 사람도 아니지만, 첼로를 연주하는 시간만은 글쓰기의 긴장과 타인의 시선으로부터의 스트레스에서 완전히 벗어날 수 있었다.

그런데 놀랍게도 첼로를 연주하게 되자 '누군가에게 이 아름다운 소리를 들려주고 싶다'는 갈망이 생겼다. 초등학생 시절부터 쭉 무대 공포증을 앓는 나로서는 생각하기도 힘든 일이었지만, 마음속에서는 '내 책을 읽어주신 고마운 독자 여러분을, 내가 준비한 소박한 북 콘서트로 초대하고 싶다'는 모험의 열망이 꿈틀거리기 시작했다. 최근에 가장 가슴 떨리는 모험은 강의를 들으러 오신 청중 앞에서 한 첼로 연주였다. 첫 번째 연주 때는 너무 떨어 입술이 터지고 눈다래끼가 나고 온몸이 고열에 들뜨도록 아팠다. 다시는 다른 사람들 앞에서 연주할 수 없을 것 같았다. 그런데 몇 달 뒤에는 어느새 새로운 곡을 준비하며 가슴 설렜다. 내 전공도 재능도 아닌 것, 하지만 '진심으로 원한다'는 이유 하나만으로 순수하게 집중할 수 있는 것. 그것만으로도 나에게는 최고의 도전이었다. 전문적이진 않지만, "저는 아마추어입니다"라는 사실을 고백하고 시작하는 연주는 내게 또 다른 희열을 안겨주었다. 두 번째 연주는 '잘하는 것'이 아니라 '첫 연주 때보다는 덜 떠는 것'이 목표였다. 결과는 내 마음속의 작은 성공이었다. 첫 연주 때는 너무 두려워 온몸을 떠느라 음악을 제대로 감상할 수 없었지만, 두 번째에는 '활을 움직여 현을 건드리는 동작' 하나하나에 집중할 수 있었다. 청중에게 실수하는 모습을 '안 보여주는 것'이 아니라 실수를 하더라도 그 안에 담긴 '진심'을 들려주고 싶었다. 그런 마음으로 연주하니 '나는 실수투성이다'라는 자기 인식을 뛰어넘을 수 있었다. 나는 '누군가에게 인정받기 위해 음악을 연주한다'는 느낌이 아니라, '음악과 함께함으로써 더없이 행복하다'라는 생각 속에서 전에는 한 번도 느껴본 적 없는 마음의 평온을 찾을 수 있었다.

이렇듯 도전이란 꼭 에베레스트에 오르거나 업계 1위 달성이라는 어마어마한 플랜이 아니라, 내 삶을 바꿀 힘이 무엇인지를 깨닫고 한 걸음 한 걸음 조금씩 나아가는 일상의 용기로 더욱 빛을 발한다. 그리하여 우리에게 진정으로 필요한 '모험'은 누군가에게 보여주기 위함이 아니라 나 자신의 꿈을 깨닫는 것, 자기 안의 깊은 열망과 마주하는 것, 환경이 변하기를 바라는 것이 아니라 내 마음과 태도를 바꾸는 것이 아닐까. 누구의 인정과 칭찬을 바라지 않는 것, 다만 나 자신의 깊은 내면의 목소리를 듣고 그 목소리에 따르는 소박한 도전이야말로 나를 바꾸는 힘이다.

가르칠 수
있는
재능과
할 수 있는
재능

　영화 「원데이」를 보다가 깜짝 놀란 장면이 있다. 작가의 꿈을 이루지 못하고, 초등학교에서 학생들을 가르치고 있는 엠마(앤 해서웨이)에게 덱스터(짐 스터게스)가 하는 말. "할 수 있는 자는 행하고, 하지 못하는 자는 가르친다Those who can, do. And those who can't, teach." 안 그래도 자신의 재능을 확신하지 못해 힘들어하면서도 열심히 아이들을 가르치며 천천히 미래를 준비하고 있는데, 가장 친한 친구란 자가 그런 끔찍한 말을 하다니. 게다가 그 말은 틀렸다. 저 문장에 생략된 단어는 '재능'이나 '능력'이다. 재능과 능력이 출중한 사람은 이미 그 일을 하고 있고, 재능과 능력이 부족한 사람은 다른 사람들을 가르친다는 것. 하지만 인생은 그렇게 단순하지 않다. 재능과 능력이 뛰어난 사람은 그 일을 하면서 다른 사람을 가르치기도 하고, 가르치기만 하던 사람도 언젠가는 훌륭한

예술가가 된다. 영화 속 엠마도 보란 듯이 작가로서 성공을
하게 된다.

『시모어 번스타인의 말』은 '피아노를 아름답게 연주할 수
있는 재능'을 '피아노를 완벽하게 가르칠 수 있는 재능'과 맞
바꾼 한 피아니스트의 감동적인 이야기다. 사람들은 최고의
기량을 갖춘 피아니스트 시모어 번스타인이 전성기 때 갑
자기 은퇴해버린 것을 이해하지 못했다. 솔로 피아니스트
로 화려하게 활동하던 과거를 버리고, 작은 스튜디오를 차
려 학생들을 가르치는 일에 만족하는 그의 삶을 '후퇴'이자
'도피'로 생각하는 사람들도 있다. 하지만 번스타인은 '음악
을 더 진정으로 사랑하기 위해' 그 길을 택했다. 그러니까 피
아니스트를 스타로 키우기 위한 시스템에 들어가 자신이 점
점 비평가와 언론의 감시 속에서 망가지는 현실을 참을 수
없었던 것이다. 그런 면에서 번스타인의 선택은 결코 후퇴
가 아니라 전진이며 끊임없이 재능이 소진되는 스타 양성
식 매니지먼트의 그늘에서 벗어나 진정으로 나 자신이 되는
길 위에 서는 용감한 선택이었다. 무대 공포증으로 인한 은
퇴가 아니라 음악을 더욱 제대로 사랑하기 위한 적극적이고
모험적인 선택이었다.

'가르칠 수 있는 재능'은 뛰어난 예술가들도 지니지 못한
경우가 많다. 가르칠 수 있는 재능이야말로 인간이 경험할
수 있는 최고의 희열에 속한다. 자기 혼자 재능을 펼치는 사
람들은 많지만, 자신의 재능을 다음 세대에게 완벽하게 전
달할 마음의 그릇을 지닌 사람들은 매우 드물다. 가르치는
건 그냥 혼자 해내는 것보다 더 어렵다. 글쓰기를 가르친다
는 것은 '그게 과연 가능할까'라는 내 마음의 장벽과 싸우는
일이다. 글을 쓰는 것은 나 혼자 열심히 하면 되지만, 가르치
는 것은 학생들과 내가 함께 진정으로 교감해야만 가능하
기 때문이다. '함doing'은 당연히 나를 들뜨게 하지만, '가르침
teaching'은 나를 긴장시킨다. 모두가 '함'을 좋아하지만, '가르
침'은 누구나 견딜 수 있는 긴장이 아니다. 나는 '함' 속에서
'가르침'을 발견하고 '가르침' 속에서 진정한 '함'을 느끼는 삶
을 꿈꾼다. 나아가 '함'이 곧 '가르침'이 되는 경지, 굳이 가르
치지 않아도 나의 '함'이 곧 누군가에게 나 자신도 모르게 '가
르침'이 될 수 있다면 얼마나 좋을까. 이 책의 원제처럼 삶을
더욱 아름답게 연주하기Play life more beautifully 위해, 삶을 더
욱 눈부시게 가꾸기 위해 오늘도 나는 '함'과 '가르침' 사이에
존재한다.

상처로
글을
쓰라고요?

　대학에서 글쓰기를 가르치는 내 모습은 작가라기보다는 상담 선생님에 가깝다. 작가이기에 글쓰기를 가르칠 수 있게 되었지만, 혼자 글을 쓰는 외로운 창작자가 아닌 학생들의 모든 고민을 들어주는 다정한 상담사가 되어야만 그들의 마음 깊숙이 잠자고 있는 창조성의 황금알을 꺼낼 수 있기 때문이다. 처음에 학생들은 "휴대폰을 멀리하고 오직 종이와 펜으로만 글을 써보자"라는 내 제안을 낯설어했다. "맞춤법이 헷갈려서요, 휴대폰으로 인터넷을 잠깐 검색하면 안 될까요?"라고 질문하며 어떻게든 휴대폰을 놓지 않으려는 학생도 있었다. 종이와 펜만으로 글을 쓰는 방식에 난감한 표정을 숨기지 못하며 컴퓨터 자판을 그리워하는 아이들도 많다. 그러나 한 달쯤 지나면 매시간 종이 위에 또박또박 글을 쓰는 아이들의 표정이 눈에 띄게 진지해지고, 철저한 일대일 멘토링을 해주면서 감정과 체력의 한계를 느끼던 나 또한 학생들에 대한 애정이 깊어져 더 이상 힘든 줄도 모르게 된다. 글쓰기는 배우는 사람과 가르치는 사람 모두를 마음 깊은 곳에서부터 속속들이 바꾸어내는 특별한 연금술이 아닐까.

   나의 글쓰기 수업에서 가장 자주 주문하는 것은 '스스로에게 정직해지기'이다. 타인의 시선에 비친 내 이미지를 끊임없이 신경 쓰는 마음의 습관을 멈추자고. 글을 쓰는 이 순간만은 세상에 '종이와 펜, 그리고 나'만 있다고 생각해보는 것이다. 내 마음을 고백할 곳이 지금 이 순간 이 종이 위밖에 없다면, 우리는 스스로에게 더없이 솔직해질 수 있지 않을까. 스스로에게 정직해지는 최고의 계기는 '내 상처를 표현하는 글쓰기'다. 나는 '여러분의 상처야말로 최고의 글쓰기 재료'라고 가르치지만, 아이들은 나를 원망스러운 표정으로 쳐다본다. 상처를 기억하는 것만으로도 힘든데, 상처로 글을 쓰라니. 얼마 전에 '나의 아킬레스건'이라는 주제로 글을 쓰자고 했더니, 몇몇 학생이 반기를 들었다. 자신의 아킬레스건을 공개하기 싫다는 심정을 나 또한 잘 안다. '첫 번째 아킬레스건'이 아니어도 좋으니, 내 단점이나 결점 중에

서 '글을 쓰고 싶은 것'이 있으면 아무리 사소한 것이라도 좋
다고 이야기했다. 나는 내 상처를 드러낸 글을 직접 보여주
면서 아이들을 설득했다. 상처를 끄집어낼 때마다 부끄럽고
아프지만, 글로 표현할 때마다 조금씩 성장해왔다고.

상처가 남김없이 치유되어 완벽하게 건강한 사람만이 타
인을 치유할 수 있는 것은 아니다. 내가 회복되어가고 있다
는 사실, 아직 아프고 힘들지라도 분명 조금씩 나아지고 있
다는 감각을 함께 공유하는 과정에서 우리는 더불어 치유된
다. 얼마 전에는 학생들에게 내 고민을 말했다. '다정하고 친
절한 교사'가 되어야 할지 '혹독하고 냉철한 교사'가 되어야
할지 고민될 때가 많다고. 사실 따뜻하고 듣기 좋은 말, 칭
찬하고 다독이는 말을 하기가 훨씬 쉽다고. 하지만 나는 법
을 가르치기 위해 새끼를 벼랑으로 모는 어미 새처럼 그렇
게 여러분을 아주 높은 곳에서 떨어뜨려야 할 때가 있다고.
벼랑 위에서 떨어지는 순간은 무섭지만, 여러분에게는 분명
날개가 있으므로 펼치기만 하면 된다고. 가끔은 가슴 아픈
말을 할 수도 있지만 그건 '네 안의 날개'를 반드시 펼치게
하려는 의지이지 결코 여러분을 고통스럽게 하기 위해서가
아니라고. 그 순간 학생들의 눈망울이 초롱초롱해졌다.

우리는 그렇게 천천히 자신의 상처와 가까워지며, 비로소 상처를 극복하고, 저 하늘 높이 날아오를 마음의 날개를 펼치고 있다. 나는 상처 입은 치유자가 되고 싶다. 상처 입어 피눈물 흘리며 아무것도 할 수 없는 피해자가 아니라, 트라우마의 흉터마다 마침내 그 흉터보다 더 아름다운 꽃을 피워내는, 끝내 자신뿐 아니라 타인의 마음 또한 어루만지는 치유자가 되고 싶다.

내 마음을 고백할 곳이
지금 이 순간
이 종이 위밖에 없다면,
우리는 스스로에게
더없이 솔직해질 수 있지 않을까.

당신은
나를
꺾을 수
없다

외로울 때나 슬플 때나 이렇게 말하는 소녀가 있다. "난, 나는 말이야. 이야기를 짓지 않으면 못 견딜 것 같아. 이야기를 짓지 않으면 난 살 수 없을 거야." 사라는 군인의 딸이고, 아기 때 엄마를 여의었다. '난 엄마가 없다'라는 투정은커녕 '내가 없으면 아빠를 누가 챙겨줄까' 걱정하는 조숙한 아이다. 아버지가 친구와 함께 광산 채굴 사업을 위해 인도로 떠나자 아이는 민친 교장이 운영하는 여학교 기숙사에 홀로 남게 된다. 아버지는 화려한 독방과 신기한 장난감과 호화로운 옷들을 사라에게 남기고 떠나지만, 사라는 그런 것들보다 아버지의 환한 미소가 그립다. 어린 시절 텔레비전에서 방영하던 애니메이션을 통해 첫눈에 반한 소녀, 그 아이가 바로 소공녀 사라다.

　사라는 먼저 공주 같은 의상과 여왕 같은 포즈로 주변의 평범한 소녀들을 한눈에 사로잡는다. 민친 교장이 처음 사라에게 관심을 보인 이유는 '사라에게 환심을 사는 것'이 사라의 아버지 랄프에게서 더 많은 돈을 뜯어낼 길이라고 생각했기 때문이다. 오직 사라만을 위한 인형, 옷, 장신구, 책들이 방을 한가득 채우는 동안 민친 교장은 사라의 아버지로부터 톡톡히 사례를 받아낸다.

　하지만 민친은 사라에게서 뭔가 '기분 나쁜 어떤 것'을 발견해낸다. 어린아이가 도무지 고분고분하고 귀여운 구석이 없었던 것이다. 인도에서 자란 사라는 유창한 인도어뿐 아니라 뛰어난 프랑스어 실력도 갖추었고, 어른들이 '가르쳐주기도 전에' 모든 것을 척척 해냈기 때문에, 민친 교장의 온갖 콤플렉스를 자극하는 소녀였다. 사라의 기품 있는 태도와 차분한 성격 또한 민친 교장이 절대로 가질 수 없는 장점이었다. 아이들의 부모를 착취해 사리사욕을 채우는, 악덕 고리대금업자 같은 비리투성이 사립학교 교장 민친은 '교육'이라는 명목으로 아이들을 한껏 차별 대우하고 부모들의 지갑을 털어내는, '비리 교사'의 전형이다.

반면 아이들은 단지 사라가 부잣집 딸이라서가 아니라, 사라의 존재 자체를 경외감 어린 시선으로 바라본다. 사라는 온갖 재미있는 이야기를 즉석에서 지어내 외로운 기숙사 소녀들에게 들려주고, 아이들은 사라의 거침없는 이야기 솜씨에 푹 빠져 기숙사 생활의 설움을 이겨낸다. 사라는 유복하게 자랐지만 그 누구도 차별하지 않았으며, 자신의 이야기를 홀린 듯 듣고 있는 배고픈 하녀 베키와도 친구가 된다. 아무도 베키에게 인간적인 대접을 해주지 않았고, 심지어 베키가 배를 곯는 날도 많다는 것을 알게 된 사라는, 베키에게 맛있는 케이크와 재미있는 이야기보따리를 잔뜩 선물해주며 자신과 함께할 때만이라도 스스로를 '하녀처럼' 대하지 않기를 바란다. 사라는 힘겨운 인생살이에서 가장 소중한 것이 '어떤 상황에서도 자존감을 잃지 않는 것'임을 이미 열한 살에 터득해버렸다.

민친 교장을 제외하고 기숙학교의 모든 사람들이 사라의 매력에 정신을 못 차리고 있는 동안, 청천벽력 같은 소식이 들려온다. 사라의 아버지가 인도에서 갑자기 사망했다는 소식이 날아든 것이다. 이때부터 사라는 그동안 누려왔던 모든 것을 빼앗기고 하녀 베키와 다를 바 없는 힘겨운 '다락방

생활'을 시작하게 된다. 이제 더 이상 그녀가 '돈줄'이 아니라
는 것을 알게 된 민친 교장은 사라를 다락방으로 내쫓고 끊
임없이 허드렛일을 시키며 그녀를 하녀처럼 부려먹는 것에
쾌감을 느낀다.

  하지만 신기하게도 이 소녀는 결코 기죽지 않는다. 사라
는 이 순간에도 상상력을 발휘해 이야기를 지어내며 고통을
이겨낸다. 심지어 다락방에 쥐들이 출몰하는데도, 사라는
생전 처음 가까이에서 보는 무서운 쥐에게 '멜기세덱'이라
는 이름을 지어주며 혼자가 아닌 것에 위안 삼는다. 사라는
자신의 다락방에 '바스티유 감옥'이라는 별명을 붙여주며,
"멜기세덱은 내 친구가 되라고 파견된 바스티유 감옥의 쥐"
라고 생각한다.

  얼마 전까지만 해도 자신을 공주처럼 떠받들던 아이들이
자신을 무시할 때마다, 추위와 배고픔에 몸이 떨려올 때마
다, 사라는 이를 악물고 혼잣말을 한다. "군인은 불평하는 법
이 없어. 나도 그럴 거야. 난 지금이 전쟁 중인 척할 거야." 이
대목을 읽으면 언제나 등골이 서늘해진다. 뛰어난 군인이었
던 아버지의 극기 정신을 어렸을 때부터 보고 듣고 체화한

사라의 서릿발 같은 다짐은 이 소녀를 '사랑스럽다'기보다 '범접하기 어려운' 존재로 만든다.

다음 대목은 내가 뽑은 이 소설의 압권이다. 겨우 열한 살의 어린 소녀 사라는 마리 앙투아네트 왕비의 마지막 순간을 이렇게 평가하며 자신을 강하게 단련시킨다. "아무도 몰라줄 때에도 한결같이 진짜 공주처럼 행동하는 게 훨씬 보람 있을 거야. 마리 앙투아네트는 왕비 자리에서 쫓겨나 감옥에 갇혀서 검정 옷만 입고, 머리는 하얗게 세고, 카페의 과부라고 불리며 수모를 당했지. 그래도 난 마리 앙투아네트가 감옥에서 지낼 때가 가장 좋았어. 모든 게 으리으리한 곳에서 더없이 화려하게 지낼 때보다 그때가 훨씬 더 왕비다웠으니까. 성난 사람들이 아우성을 쳐도 눈도 꿈쩍하지 않았던 그때가. 비록 그들에게 목은 잘렸지만 그 사람들보다 마리 앙투아네트가 훨씬 더 강했던 거야."

누구도 꺾을 수 없는 의연함, 세상 모든 사람들보다 더 높은 정신세계를 살아가는 듯한 사라의 초연함이 민친 교장을 당혹스럽게 한다. 자신의 뱃가죽이 등에 달라붙게 생겼어도 자기보다 더 배가 고플 베키를 생각하는 사라. 천우신조로

길에서 동전을 하나 주워 빵을 사 먹을 수 있게 되었을 때도, 자기의 배고픔을 참고 거지 아이에게 빵을 나눠주던 사라. 그런 사라의 아름다운 마음씨를 알아본 이웃집 사람들은 몰래 사라의 다락방을 예쁘고 따뜻하게 꾸며주기도 하고, 늘 배고픈 사라와 베키가 마음껏 음식을 먹을 수 있도록 비밀스러운 식사를 준비해놓기도 한다.

이 소설은 이야기의 힘으로 타인의 닫힌 마음의 문을 두드리고 마침내 자신은 물론 고통받는 타자를 구하는 한 소녀의 기적 같은 이야기다. 열한 살 소녀 사라는 '분노를 이기는 더 큰 분노의 힘'을 알았다. "쉽사리 성을 내지 않는 사람이 더 강하다는 걸 사람들은 알아. 화를 다스릴 줄 안다는 건 그만큼 강하다는 거니까. 분노만큼 강한 게 없지만 그보다 더 강한 건 분노를 참는 거야." 이 소녀의 가장 놀라운 점은 단지 역경을 이겨냈다는 사실만이 아니라 그 참담한 고독과 배고픔 속에서도 '더 나은 사람'이 되기 위해 분투했다는 것이다.

흑백의
판단을
넘어
무지갯빛
사유의
세계로

　　몇 년 전부터 인문학 강연이 끝날 때마다 스태프들의 다급한 목소리가 들려온다. "여러분, 나가실 때 반드시 설문 조사에 참여해주세요. 오늘 강의에 대한 평가 문항입니다." 두 시간 가까이 목이 터져라 강의를 하고 나서 가장 먼저 들리는 소리가 '이 강의를 평가하라'는 명령어일 때, 다리에 힘이 쭉 풀리고 만다. 만족도를 1에서 5 정도로 나타낸 수치상의 평가서를 작성하기 위해 내 강의를 들으러 오신 것은 아닐 텐데. 행정 편의를 위한 설문 조사이겠지만, 막상 강의에 열심히 참여해주신 분들에게도 '강의를 천천히 말없이 곱씹을 자유'를 빼앗는 것이 아닌가. 이 각박한 세상에서 문학과 심리학, 철학과 예술의 향기를 느끼기 위해 늦은 밤에도 인문학 강연을 들으러 오시는 분들에게 '이 강의를 숫자로 판단하라'는 질문은 강연의 본래 취지에도 어긋난다. 더 깊은 '사

유'의 세계로 자유로이 헤엄쳐야 할 독자들을 흑백의 '판단'
으로 가두어버리는 것은 아닌가.

　이렇듯 '긍정이냐 부정이냐' 식의 '판단'을 재촉하고, 우
리 삶에 필요한 질문도 해답도 직접 찾아가는 진정한 '사유'
의 물꼬를 차단해버리는 행정 편의주의는 곳곳에 만연해 있
다. '대학 평가'라는 명목으로 모든 대학에 일률적으로 순위
를 매기고, '업무 평가'라는 명분으로 개개인의 다채로운 개
성을 말살해버리는 '판단'의 성급함은 '사유' 과정 자체를 향
유하는 인간 정신의 탐험이 지닌 가치를 정면으로 부정한
다. '판단'의 본질이 그때그때 상황에 따른 비자발적 대응이
라면, '사유'의 본질은 누가 나에게 꼭 대답을 바라지 않는 순
간에도 나만의 질문을 만들고 나만의 해답을 천천히 찾아가
는 과정의 적극성에 있다. 즉 판단의 본질이 수동적 리액션
이라면, 사유의 본질은 창조적 액션이다. 부산이나 광주까
지 산 넘고 물 건너 열심히 달려가서 2~3시간 강의를 한 뒤
'오늘도 무사히 해냈구나'라는 안도감에 뿌듯해지다가도, 강
의가 끝나자마자 오지선다형 강의 평가서를 작성하는 사람
들을 보면 '우리는 평생 저런 숫자와 OX식 판단의 울타리에
서 벗어나지 못하는 걸까', '나는 바로 저런 판단적 사고에서

벗어나기 위해 인문학을 공부하는 것인데'라는 안타까움에
가슴이 먹먹해진다.

　무지갯빛 스펙트럼으로 자유로이 사유할 수 있는 무한
한 잠재력과 가능성을 차단하는 것이 바로 판단의 조급함이
다. 무언가의 자유가 침해당할 때 비로소 그 자유의 소중함
을 깨닫게 되는데, 우리에게 자꾸 '판단'을 강요하는 사회를
돌아보니 이제야 '사유'의 소중함이 더욱 절실해진다. 강의
때 가장 많이 받는 질문 중 하나가 '글쓰기의 비결'인데, 나
는 내 글쓰기의 진정한 비결이 '판단을 최대한 미루고, 사유
를 최대한 복잡하게 만드는 것'임을 깨달았다. 나는 주어진
질문지에 '예스/노'로 대답하기보다는 '우리에게 소중한 질
문을 우리 스스로 만드는 사유의 힘'을 믿는다. 나는 쉽게 판
단내리지 않고 사유의 실마리를 끝까지 물어뜯는 버릇이 있
다. 어떤 강의를 들어도 어떤 책을 읽어도 그것이 내 머리를
거쳐 가슴으로 진정 전달되기까지, 어찌 보면 지긋지긋하게
기나긴 그 과정을 즐기고 싶어 한다. 단순히 인내하거나 참
아내는 것이 아니라 느려터진 사유의 과정 자체를 즐긴다.

　판단의 날렵함이 아니라 사유의 느린 되새김질이 지금의

나를 만들었다. 재빠르게 결론 내리고 확실한 답이 있는 공부만 추구했다면 이런 길을 가지 않았으리라. 쉽게 판단내리지 않고 사유의 풀 잎사귀를 끊임없이 되새김질하면 그저 풀잎에 불과하던 사유의 잎사귀가 어느 순간 천상의 약초처럼, 누구도 발견해내지 못한 인생의 묘약처럼, 그야말로 눈부시게 마음속 그늘을 환하게 비춰줄 때가 있다. 그때가 바로 글쓰기의 영감이 떠오르는 순간이다. 흑백의 판단을 넘어 무지갯빛 사유로 도약하는 순간, 우리는 각자가 지닌 최고의 가능성, 인간 정신의 빛나는 클라이맥스와 만날 수 있다.

그 사람을 가지고
문장을 끝내는 것이 아니라
그 사람으로 문장을 시작해
계속 뭔가를 서술해봐요.
판단은 이야기를 끝내는 것이지만
사유는 이야기를 시작하는 것이에요.

북유럽
라이프,
얀테의
법칙

　　단지 혼수 비용을 줄이기 위해서가 아니라 '삶을 더 간소
하고 소박하게 만들기 위한 노력'으로서 '스몰 웨딩'을 추구
하는 커플이 많아지고 있다. 웨딩드레스도 결혼식 촬영도,
장소 선정도 '업체'의 힘을 빌리지 않고 자기 손으로 직접 해
내는 젊은 부부들을 보며 나는 '저것이 바로 남에게 의존하
지 않고 내 삶을 직접 가꾸는 행복'의 시작이구나 싶었다. 지
난 여름 덴마크, 스웨덴, 핀란드, 노르웨이를 여행하면서 '북
유럽식 가치관은 우리와 어떻게 다른가'를 고민할 기회를
가지게 되었다. 그들은 많은 돈을 소비함으로써 느끼는 과
시적 허영에 별다른 관심을 기울이지 않았다. 내가 북유럽
식 행복의 가치에 마음을 둔 이유는 그들이 우리보다 '선진
적'이라서가 아니다. 외국 문화에 대한 얼빠진 동경과 부러
움 때문도 아니다. 그들이 '어떤 방식으로 행복을 추구하는

가'를 성찰해봄으로써 '우리가 모르는 사이 잃어버린 삶의 가치들'을 떠올리게 해주기 때문이다. 과시적 소비가 아닌 최소한의 소박한 소비만으로도 행복해지는 비결, 말괄량이 삐삐처럼 어린 시절부터 누구에게도 의지하지 않고 씩씩하고 독립적으로 커가는 아이들의 양육 방법, 경쟁과 석차가 아닌 자율성과 타인에 대한 존중을 배우는 교육. 바로 이런 삶의 가치들이야말로 내가 진정으로 배우고 싶은 삶의 자세였다.

나는 핀란드 학교의 학생들이 한 번도 자신의 성적을 '등수'로 평가하지 않는다는 이야기를 듣고 깊은 충격을 받았다. 전교 등수로 나의 가치를 판단당하는 것 같아서, 선생님은 물론 부모님조차 내가 공부를 잘할 때만 '빛나는 아이'로 인정하는 것 같아서, 학년이 높아질수록 자존감이 더 낮아졌던 나의 불우한 학창 시절이 저절로 떠올랐다. 나는 등수가 아니라 그저 있는 그대로의 나로 평가받은 적이 없었다. 뭔가를 잘해내야만 인정을 받았다. 피아노를 그저 내 맘대로 치는 것이 좋았지만 어른들의 인정을 받아야 한다는 압박감에 내키지 않는 콩쿠르에 나가서 벌벌 떨어야 했고, 그냥 친구들의 노랫소리에 맞춰 피아노 반주를 하는 것 자체

가 좋은데 '등수'를 매기는 합창 대회에 나가서 바싹 긴장한
채 피아노 앞에 앉아야 했다. 음악의 즐거움을 느끼는 순수
한 희열의 시간보다 음악을 '어떻게 써먹을 것인가'에 골몰
하는 어른들이 참으로 답답하게 느껴졌다.

  더 큰 문제는 내가 있는 그대로의 나 자신을 사랑하지 않
는다는 점이었다. 말갛고 꾸밈없는 나는 너무 밋밋하고 개
성 없는 존재처럼 느껴졌다. 영어 시간에는 한 챕터를 통째
로 외워야만 마음이 편해졌고 수학 공식이나 증명 과정이
이해되지 않아도 아예 문제 풀이 과정을 처음부터 끝까지
암기해버렸다. 하지만 그런 식으로 공부하면서도 죄책감을
느꼈다. 이런 것은 진정한 공부가 아닌 것 같아서. 가끔 될
대로 되라는 식으로 공부를 등한시하면 성적은 수직으로 낙
하하여 부모님의 날벼락이 떨어졌다. 공부를 안 해도 괴롭
고 해도 괴로운 진퇴양난 속에서 나의 사춘기는 가엾게 시
들어갔다. 우리나라도 핀란드처럼 등수를 매기지 않는 교육
을 실천했다면, 학생들을 점수로 평가하지 않는 분위기였다
면, 우리의 학창 시절이 그렇게 우울하지만은 않았을 텐데.

  나는 핀란드식 교육을 지상의 유토피아라고 생각하진 않

지만 학생의 진정한 자율성을 존중하는 그들의 교육철학은 정말로 배우고 싶었다. 지구상에 핀란드처럼 아이들을 성적이나 등수로 차별하지 않는 나라가 실제로 존재한다는 사실을 알았다는 것만으로도 뭔가 내 오랜 상처가 보이지 않는 따스한 손길로 어루만져지는 느낌이었다. 그리고 눈부신 자유를 만끽할 수도 있었을 내 소중한 학창 시절을 통째로 도둑맞은 듯한 쓰라린 박탈감도 밀려왔다. 그토록 눈부신 어린 시절에, 그렇게 숨 막히게 스스로를 가둬놓고 살 필요는 없었는데. 그 꽃다운 나이에 그토록 잔인한 어른들의 세속적인 기준으로 나의 가치를 재단할 필요는 없었는데. 나는 나인 채로 충분히 소중한 존재였는데. 그걸 한 번도 제대로 느껴본 적이 없었다. '나만 특별해지기 위한 끊임없는 인정 투쟁'이 아니라 '나뿐만 아니라 모두가 저마다의 방식으로 행복해질 수 있는 길'을 꿈꾸는 것이야말로 교육의 이상이 되어야 하지 않을까.

북유럽 사람들에게는 '얀테의 법칙'이라는 삶의 가치관이 잘 알려져 있는데, 이것은 '북유럽 십계명'이라고도 불린다. 얀테라는 가상 마을에서 사람들이 지켜야 할 마음가짐인데, 북유럽 사람들의 집단적 심성을 잘 나타냈다.

1. 당신이 특별하다고 생각하지 마라.

2. 당신이 다른 사람처럼 선하다고 생각하지 마라.

3. 당신이 다른 사람보다 똑똑하다고 생각하지 마라.

4. 당신이 다른 사람보다 낫다고 확신하지 마라.

5. 당신이 다른 사람보다 많이 안다고 생각하지 마라.

6. 당신이 다른 사람보다 중요하다고 생각하지 마라.

7. 당신이 뭔가를 잘한다고 생각하지 마라.

8. 다른 사람을 비웃지 마라.

9. 누구든 당신한테 관심을 갖는다고 생각하지 마라.

10. 다른 사람을 가르칠 수 있다고 생각하지 마라.

　이것은 삶에 대한 비관주의가 아니라 막연한 환상과 기
대를 갖지 않음으로써 삶이 우리에게 선물하는 행복 그 자
체를 조용히 성찰하는 자세를 길러주는 문장들이다. 굳이
북유럽에 가서 살지 않아도, 우리가 이곳에서 실천할 수 있
는 북유럽식 행복의 의미는 무엇일까. 그들은 우리보다 훨
씬 혹독한 자연환경 속에서 살아가면서 '제한된 환경 안에
서 행복을 누리는 길'을 택했다. 더 많이, 더 자주 각종 소유
를 추구하는 것이 아니라, 내가 더 행복해지기 위해 특별해
지는 방법을 연구하는 것이 아니라, 덜 가지고, 덜 쓰는 대

신 '내가 직접 삶의 구석구석을 가꾸고 만들어가는 행위'를 통해 행복해지는 방법을 연구했다. 노르웨이나 스웨덴, 핀란드의 아이들은 어릴 때부터 공부만 열심히 하는 것이 아니라 남녀 차별 없이 뜨개질, 바느질, 목공을 통한 가구 만들기, 집 안 곳곳 수리하기를 유치원이나 학교에서 배운다. 남자아이도 자기 옷을 바느질하여 입고 여자아이도 목공으로 가구를 뚝딱뚝딱 잘 만들 수 있도록. 내 옷을 수선하고, 내 집을 고치기 위해 굳이 다른 사람의 힘을 빌릴 필요 없는 자립과 독립의 힘, 그리고 내 집을 더 아름답고 편안하게 꾸밀 수 있는 인테리어 기술까지 갖춘 그들은 휴가 때 굳이 멀리 나가지 않고 집 안의 인테리어를 바꾸는 데 투자하기도 한다. 내 집에 페인트칠을 하고, 가구를 만들고, 낡은 집기를 새롭게 바꾸는 일까지 스스로 함으로써 '나의 행복은 내가 창조해간다'는 뿌듯한 희열을 느끼는 것이다.

또한 북유럽의 발명품인 뷔페는 바이킹의 간편하고도 차별 없는 식사를 위해 개발된 음식 문화다. 바이킹의 후예인 스웨덴 사람들은 요즘도 성탄절이나 기념일에는 온 가족이 모여 바이킹식 뷔페로 식사를 한다. 요리의 과정을 단순화하고, 요리를 수많은 그릇에 나누어 담는 수고를 줄이는 식

사 방식이다. 뷔페를 '더 많이, 더 다양한 종류를 한꺼번에
즐기기 위한 요리'로 인식하는 우리의 사고방식과 달리, 원
래의 뷔페는 음식을 분배하고 여러 그릇에 담는 수고, 음식
을 서비스하는 수고를 덜기 위해, 나아가 선장이나 선원이
나 차별 없이 음식을 좀 더 효율적이고 평등하게 먹기 위해
개발된 방식이다. 뷔페 앞에서는 누구나 평등하지 않은가.
내가 원하는 만큼 먹을 수 있고, 내가 원하는 음식을 선택할
권리를 뷔페를 통해 실현하는 것이다. 내가 꿈꾸는 북유럽
라이프는 '소비를 통한 행복'을 넘어 '가치의 추구를 통한 행
복'을 향해 가는 길이다.

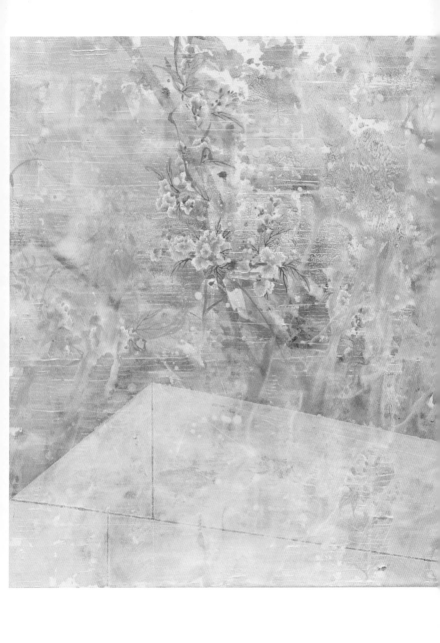

정여울
인터뷰 03

기다림의
의미

선생님이 특히 커다란 상실감에 빠지거나

고통받는 자의 이야기를 다룰 때,

실제 제가 겪는 것처럼 울림을 주더라고요.

인물에 깊이 공감하려는 선생님의 마음도 느껴지고요.

왜 우리는 타인의 고통에 귀를 기울여야 할까요?

우선 타인의 고통을 통해 저를 알게 될 때가 많았어요. 내 인생을 바로잡기 위해 나만 파고드는 것보다는 타인과의 소통, 특히 타인의 고통과의 소통이 훨씬 더 많은 깨달음을 줬죠. 앓는 사람을 보면 비슷한 아픔이 막 깨어나는 거예요. 오래전에 극복한 줄 알았는데 아니었구나. 초등학교 때 굉장히 망신당한 기억, 헤어진 사람에 대한 미움 그리고 그리움, 다시는 만날 수 없는 이를 향한 애도, 어떻게 표현할 수조차

없는 감정들을 다른 사람을 통해 알게 됐어요. 타인의 마음
으로 정말 조금이라도 똑똑, 문을 두드리기 위해서 무엇을
해야 할지도요. 그러니까 실은 이타적 인간이어서가 아니
라 제가 살기 위해 그렇게 한 거예요. 타인의 마음속으로 들
어가는 작은 모험을 통해서만 나라는 존재의 빛과 그림자가
보였어요. 한사코 나만 바라보고 나만 생각했을 때는 안 보
이던 내가, 타인을 이해하려고 노력할 때, 타인의 아픔에 공
감해서 나도 모르게 울고 웃을 때, 비로소 내 모습이 더 잘
보였지요.

**음, 시작은 그랬지만 독자로서는 덕분에
마음이 따스해지는 것 같아요. 글에서 사람들의
아픈 마음을 조용히 어루만지는 작가가
되고 싶다고 했는데요. 그렇다면 반대로
차가움에 대해서도 생각해보나요?**

감정적으로 격분하면 생활이 안 될 때가 있어요. 그걸 차
분하게 추스르기 위해선 차가움이 필요해요. 산책을 하거나
공부하는 주제와 전혀 상관없는 책을 읽죠. 무엇도 안 될 때

는 잠이 제일 좋아요. 그런데 그럴 때는 잠도 잘 안 오잖아
요? 차가움이라는 건 아직 완전히 해결하지 못했는데, 냉철
함이 부족한 게 저의 콤플렉스라서 그래요. 이성적인 부분
이 있지만 발달시키는 걸 스스로가 싫어했던 것 같아요. 감
정이 제게 제일 중요하니까요.

　감정이 통제가 안 될 때 요구되는 이성, 즉 마음 챙김이 필
요한 것 같아요. 마음 챙김과 마음 놓침. 마음 놓침이 굉장히
많이 일어나요. 마음 챙김은 내 마음의 운행 과정을 알 때,
관찰하고 이해할 때 생기는 상태예요. 내 마음의 스파이가
되어 유체 이탈하듯이 제3자로서 끊임없이 바라봐야 해요.
반대로 마음 놓침 상태는 통제가 안 되는 거예요. 내 마음이
어디까지 갔는지 갈피를 못 잡는 상태를 말하죠. 마음 돌보
기를 포기할 때, 일에 미치거나 흥분할 때, 감정이 가는 대로
행동할 때 마음을 놓쳐요. 그 빈도를 줄이려고 해요. 마음 놓
침 상태를 줄이고 마음 챙김 상태를 늘리는 것, 그게 제게는
차가움인 것 같아요.

이제 여행 이야기를 해볼까요?

여행을 일컫는 말 중에 리프레시 여행이 있더라고요.
그런데 제게는 노동력을 재생산하기 위해
체력을 보충하고 돌아오는, 마치 노동을 위한
휴식처럼 느껴져요. 연차가 쌓일수록 점점 더
강렬하게 휴양지에 가고 싶다는 생각이 크고요.(웃음)
선생님은 어떤 여행자인가요?

저는 사실 여행 가서 더 노동해요. 휴양지에서 파란 하늘 보고 해변 걷는 것도 좋은데 하루를 못 넘겨요. 몇 시간만 해도 이제 그만, 충분히 좋았다,(웃음) 하는 거죠. 저를 즐겁게 해주는 노동이라 그래요. 평소 노동은 외부의 스케줄에 따라 소진되는 때가 많아요. 좋은 강의를 한다 해도 너무 잦거나, 써야 할 원고가 상당하면, 각각의 노동은 좋아도 그걸 합쳤을 때 제 육체가 못 견디더라고요. 여행에서는 좀 더 충동적이고 자발적으로 노동하게 돼요. 더 쓰고 싶고, 생각도 많이 떠오르고요. 방랑벽이 있어서 한자리에 있으면 글을 잘 못 써요. 지금처럼 하나의 방이어도 의자가 많은 이유가 의자라도 옮겨 다니면서 쓰려고.(웃음)

리프레시refresh가 아니라 리프로덕션reproduction이 정말 맞

아요, 제게는. 돌아온 후 노동을 위한 재충전이 아니고요. 저
는 재충전은 잠이면 충분한 것 같아요, 잠이 부족해서 그렇
죠.(웃음) 여행은 다른 자아가 되어보는, 평소에는 할 수 없던
나를 실험해볼 기회예요. 좀 더 신체를 움직이고 다양한 자
극을 받고 본능이나 감수성을 실험해보고 싶어져요. 제가
좋아하는 단어 있잖아요, 세렌디피티serendipity. 삶에서 계획
하지 않은 우연에서만 느낄 수 있는 기쁨을 확장하기 위해
자발적으로 감수성을 실험하고, 노동조차 즐겁고 능동적인
기쁨을 주는 것으로 만들고 싶지요.

그럼 여행할 때 그냥 무작정 걸으세요?
아니면 작가 기행 같은 것을 하나요?

무작정 걷는 것도 좋고요. 아니면 열심히 공부해야 아는
작은 장소들이 있어요. 책 속에 나오는 장소인데 유명한 곳
이 전혀 아닌 시골 카페라든지 마을 주민을 위한 작은 도서
관이나 서점을 가고 싶어요. 예전에는 모르니까 가이드북을
보며 여기를 방문해야겠다 마음먹고 갔는데, 지금은 우연히
걷기만 해도 좋은 장소가 많다는 걸 알아요. 나를 자석처럼

끌어당기는 장소가 있어요. 그런 장소를 찾으려면 골목을 가야 해요. 대로변에는 임대료를 감당할 수 있는 곳만 있잖아요. 골목길에는 정말 다양한 것이 존재해요. 남들이 보든 말든 오래오래 자기만의 길을 걸어가는 사람들의 이야기가 숨 쉬죠. 그런 곳을 가고 싶어요. 이젠 여행 계획도 안 짜요, 가서 어떻게 될지 몰라서.(웃음)

20대, 30대를 통과한 후 『그때 알았더라면
좋았을 것들』『그때, 나에게 미처 하지 못한 말』을
쓰셨어요. 저는 어릴 때 30대가 되면 어른일 줄
알았는데, 끊임없이 되어가는 중이더라고요.
앞으로 어떻게 나이 들어가고 싶으세요?

그동안은 나 자신을 돌보는 데 급급했던 것 같아요. 뭔가 다른 사람을 돕고 위로하고 싶을 때도 많았는데, 스스로 극복이 잘 안 되니까 충분히 따뜻하지 못했던 건 아닐까. 타인과 소통할 통로를 좀 더 넓고 깊게 만들고 싶어요. 이야기를 듣고, 다른 사람이 쓴 글을 읽는 행위 자체도 굉장히 적극적인 소통이거든요. 저는 'read between the lines'라는 표현을

정말 좋아하는데요. 행간의 여백을 읽는다는 건 들을 때도
해당돼요. 가만히 들어보면, 상대가 말하는 듯하지만 숨기
는 것에 뭔가가 있어요. 그런 부분에 더욱 귀를 기울이는 거
예요. 침묵하는 것도 들어야겠다, 이 글을 쓰면서 지웠을 것
같은 부분도 봐야겠다, 이런 더 깊은 소통을 추구하는 것이
'월간 정여울'의 기획이기도 하고, 그렇게 살고자 하는 방향
성이기도 해요.

**자, 마지막 질문입니다. 선생님의 글에서
'기다림'에 관한 부분이 눈에 많이 띄었어요.
선생님은 지금 무엇을 기다리나요?**

저는 항상 무언가를 기다려요. 평생 기다리는 무엇도 있
고, 1~2년 단위로 기다리는 것도 있지요. 예전엔 기다림이
지루하고 힘들었는데 지금은 설렘이 더 커요. 수동적인 기
다림을 뜻하는 건 아니에요. 제가 여러 사람이 함께하는 첼
로 콩쿠르에 참여하는 꿈을 꾼 적이 있어요. 그동안은 실력
이 안 되니까 한 번도 할 수 있다고 생각지 않았거든요. 저에
게 첼로를 연주할 기회가 생긴 거죠. 꿈속에서지만 엄청나

게 설렜어요. 결원이 생겨 선생님이 갑자기 부르신 거였죠. 선생님은 "저번에 연습했잖아요, 연습한 그 곡을 하면 돼요"라는데, 하필이면 그날 첼로를 안 챙겨 간 거예요. 어떡하지, 너무 안타깝고 정말 울고 싶더라고요. 꿈속이지만 그 안타까움과 절실함이 너무 생생해서 가끔씩 곰곰 생각해봐요. 왜 그런 꿈을 꿨을까, 혹시 그것은 기다림의 중요성에 대한 꿈이 아니었을까. 막연히 첼로를 잘 연주할 수 있기를 바라는 것이 아니라, 항상 첼로를 곁에 두고 언제든 켤 수 있도록 준비하는 연주자처럼, 내 삶도 그렇게 능동적인 기다림으로 일구어야 한다는 뜻이 아니었을까, 하는 해석을 해보았어요.

첼로를 배운 지 꽤 됐는데도 아직 제가 원하는 깊이의 울림과 떨림을 연주에 담아내기가 어려워요. 그럼에도 불구하고 녹음을 들어보면 예전보다는 훨씬 좋아졌더라고요. 아, 정말 연습과 기다리는 과정이 중요하구나. TV나 영화에서는 기다림의 시간이 3분 만에 처리되잖아요. 권투 선수가 시합을 준비할 때 줄넘기하고 웨이트트레이닝하는 시간, 뮤직비디오처럼 처리되는 그 과정이 사실 인생에서는 더 중요해요. 기다림의 과정은 지루하고 힘들거든요. 영화에서는 빨

리빨리 흘러가지만 인생에서는 더 대단하고 결정적이에요.

어떻게 기다릴 것인가. 지금 내가 그걸 할 수 없다고 해서
포기하면 안 되겠구나, 내가 진짜 하고 싶은 무언가를 위해
서는 능동적으로 기다려야겠구나. 누구에게나 하고 싶지만
아직 말하기 어려운 것들이 있잖아요. 무겁지만 그 무거움
을 감당하면서, 항상 연습하면서 적극적으로 기다려요. 더
좋은 만남이 올 때까지, 더 좋은 우연의 세렌디피티가 일어
날 때까지.

1월의 화가

안진의

안진의

　　　　　　　　홍익대학교 동양화과를 졸업하
고 동 대학원에서 색채 전공으로 미술학 박사 학위를 받았
다. 1992 제15회 중앙미술대전과 1993 제12회 대한민국미술
대전 특선, 1994 제13회 대한민국미술대전 우수상, 2005 제11
회 마니프 서울국제아트페어 우수작가상, 2011 제5회 대한
민국미술인상(청년작가상), 2013 제10회 미술세계작가상(평면
부문) 등을 수상하였다. 1993년부터 39회의 개인전을 가졌
으며, 다수의 기획전 및 단체전에 참가하였다. 지은 책으로
『당신의 오늘은 무슨 색입니까?』가 있으며, 현재 홍익대학
교 동양화과 교수로 재직하고 있다. blog.naver.com/jineeahn

꽃이 아닌 곳에서도
꽃을 보다

글_정여울

지구상에 꽃이 출현하기 전까지, 육지는 온통 칙칙한 잿빛과 흙빛으로 가득한 무채색의 세계였다고 한다. 알록달록한 꽃들이 만발하기 시작한 순간, 대지에는 온갖 빛깔의 향연이 시작되었다. 꽃이 출현하는 순간, 지구는 진정한 색채의 온기를 지니게 되었다. 소리나 무게 같은 것과는 달리 오직 색채만이 말할 수 있는 그 무언가를 꽃은 품어 안고 있다. 결혼식과 입학식 같은 인간의 중요한 통과의례에 꽃이 꼭 빠지지 않는 이유도 단지 아름다워서가 아니라, 자칫 무채색으로 뒤덮일 수 있는 우리의 각박한 삶을 온갖 꽃들의 빛깔로 촉촉하게 물들이기를 바라는 집단적 염원 때문은 아닐까. 오직 꽃만이 뿜어낼 수 있는 색채 그리고 향기. 안진의 작가는 바로 그 색채와 향기를 자신의 그림 속에 따스하게 녹여낸다.

안진의 화가의 작품을 오래오래 들여다보면, 어떤 꽃이 더 예쁘고 어떤 꽃은 덜 예쁘다는 우리의 편견이 눈 녹듯 사라진다. 그의 화폭 위에서 때로는 은은하게 때로는 화사하게 피어나는 꽃들의 속삭임을 듣다 보면, 꽃은 그 종류와 형태를 막론하고 그저 꽃 그 자체이기에 소중하고 아름답다는 것을 깨닫게 된다. 안진의 화가의 눈에는 세상 모든 것이 꽃들의 향연으로 보이는 것 같다. 꽃이 아닌 것도 그에게는 꽃으로 보인다. 꽃과는 너무도 거리가 먼 삭막하고 각박한 존재조차도, 그의 눈에는 마음 깊숙이 꽃의 가능성을 품어 안은 존재로 보인다. 꽃과는 아무런 인연이 없어 보이는 것들, 아름다움과는 거리가 멀어 보이는 모든 버림받은 존재조차도, 그의 붓끝에서는 놀라운 꽃의 시간을 굽이굽이 펼쳐낸다.

세상 모든 것은 어떤 식으로든 움을 틔우고 자라나고 피어나고 스러져가니까. 그는 그렇게 화려하지 않은 존재들 속에 숨은 꽃의 시간을 발굴해낸다. 그의 작품을 오래오래 감상하다가 문득 세상을 바라보면, 우리가 그동안 세상을 너무나 어둡고 메마른 황무지로 바라본 것은 아닌지 성찰해보게 된다. 그 쓸쓸한 황무지 위에 이미 저마다 아름다운 꽃들이 아우성을 치며 피어나는데, 우리의 무딘 감성은 외면해온 것 아닐까.

 안진의 화가에게 꽃은 명사가 아니라 동사다. 그의 붓끝은 피어나고 차오르고 물들어가는 꽃의 싱그러운 움직임을 포착한다. 평범한 전구 한 알도 수많은 꽃의 잔치를 잉태하는 따스한 자궁이 된다. 매일 앉는 의자에서도 커피를 마시는 머그잔에서도 온갖 알록달록한 꽃들이 피어나 만화방창한 별천지를 이룬다. 그리하여 꽃의 시간은 정지된 세련됨이 아니라 움직이는 역동성이며, 존재하는 모든 것에서 변신과 포용의 가능성을 바라보는 화가의 세계관을 담아내고 있다. 어쩌면 세상이 험난할수록 사회가 각박할수록 우리에게는 꽃이 아닌 곳에서도 꽃을 보는 마음의 눈이 필요한 것이 아닐까. 꽃을 닮지 않은 곳, 모두가 미워하고 증오하고 분노하고 짜증내는 곳에서조차도, 꽃의 온기와 꽃의 밝음과 꽃의 향기를 끌어내는 힘이야말로 우리가 예술을 향해 꿈꾸는 무엇인지 모른다.

 앨런 긴즈버그의 시 「너무 많은 것들」에서처럼 "너무 많은 철학 / 너무 많은 주장 / 그러나 너무나 부족한 공간" 속을 살고 있는 우리에게, 화가 안진의는 이 세상에 너무나 부족한 꽃의 시간을 빚어내고 있다. 꽃의 시간처럼 오직 피어나고 오직 향기를 뿜으며 오직 열매 맺는 일에만 충실한 삶을 살 수 있다면. 뽐내고 경쟁하고 미워하고 짓밟지 않고, 오직 나 스스로 피어나는 일에만 집중하는 꽃의 시간을 조금이나마 닮을 수 있다면. 꽃의 시간처럼 나무에서 분분히 꽃잎을 떨어뜨리는 순간조차, 떨어진 꽃이 흙 속으로 스며들어 또다시 새로운 흙으로 부활하는 순간조차 아름다운 삶을 살수 있다면.

안진의 화가가 1년 365일 매일매일 주최하는 꽃들의 잔치에는 슬픔조차도 분노조차도 아픔조차도 모두 꽃의 천진난만한 미소 속으로 스며들어 그 어둠을 씻어내고, 마침내 환하게 피어오를 것이다. "결국 여성적인 것이 우리를 구원하리라" 믿었던 괴테의 어법을 빌려, 나는 이렇게 말하고 싶다. '결국 꽃을 닮은 그 무엇이 우리를 구원하리라'라고. 꽃을 닮은 싱그러움, 꽃을 닮은 향기로움, 꽃을 닮은 따사로움이 우리를 구원하리라.

똑똑

수줍은 마음이 당신의 삶에 노크하는 소리

지은이   정여울

2018년 1월 15일 초판 1쇄 발행

책임편집   홍보람
기획 · 편집   선완규 · 안혜련 · 홍보람
기획위원   이승원
디자인   형태와내용사이
타이포그래피   심우진 one@simwujin.com

펴낸이   선완규
펴낸곳   천년의상상
등록   2012년 2월 14일 제2012-000291호
주소   (03983) 서울시 마포구 동교로45길 26 101호
전화   (02) 739-9377
팩스   (02) 739-9379
이메일   imagine1000@naver.com
블로그   blog.naver.com/imagine1000

ISBN   979-11-85811-40-6 03810

잘못된 책은 구입처에서 바꾸어드립니다.
이 도서의 국립중앙도서관 출판예정도서목록(CIP)은 서지정보유통지원시스템 홈페
이지(http://seoji.nl.go.kr)와 국가자료공동목록시스템(http://www.nl.go.kr/kolisnet)
에서 이용하실 수 있습니다. (CIP제어번호 : CIP2017035135)

우 편 엽 서

보내는 사람

청년의상상

서울시 마포구 동교로45길 26 101호
전화 (02) 739-9377 팩스 (02) 739-9379
이메일 imagine1000@naver.com
블로그 blog.naver.com/imagine1000

| 0 | 3 | 9 | 8 | 3 |

당신의 마음에 가닿기 위하여

조용한 공감, 요란하지 않게 서로 소통하기를 원해요.
작가 정여울에게 하고 싶었던 많이나 궁금한 점 등을 보내주세요.

이름

연락처(이메일 혹은 전화번호) _____

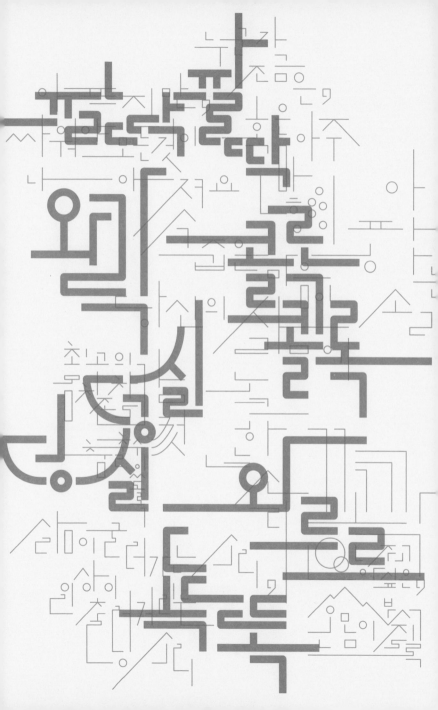

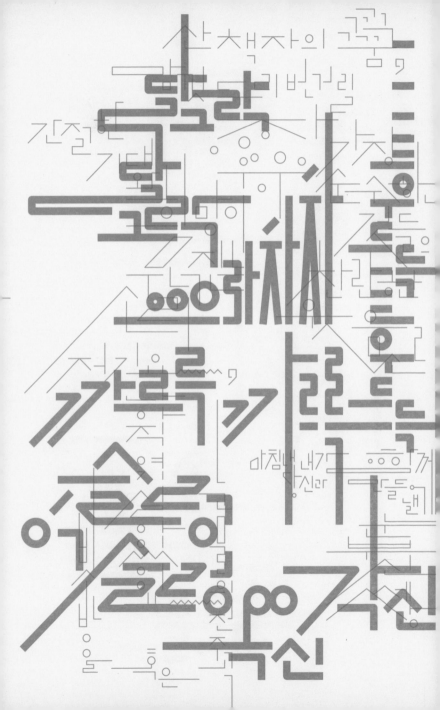